光文社

春のたましい

神《かみ》祓《はら》いの記

黒木あるじ

春のたましい

神《か》祓《はら》いの記

目次

ブックデザイン
坂野公一＋吉田友美（welle design）
イラストレーション
こた

まつりのあと

もしもし——お疲れさまです。任務の完了をご報告します。

すこし手間取りましたが、おかげさまで無事に対象を〈処分〉しました。仕事とはいえ、

やはり〈人ならざるモノ〉を相手にするのは骨が折れますね。

はい、いまは本部へ戻る途中です。今回は移動手段にバスを選んだのですが、この地区は一日二便しか走っていないもので、遅い時刻の到着になりそうです。

え——ああ、報告書ですか。はい、明日中には提出できるかと。申しわけありません、つい車窓の景色に見蕩《みと》れてしまって、返答が一瞬遅れました。

桜です。桜が咲いていたんです。

半分ほど散っていますが、それでもきれいですよ。

なぜ——私たちは、儚《はかな》いものに惹《ひ》かれるんでしょうね。

「失ったことを悔やんでもあとのまつりだ」とわかっているのに、消えゆくものに美しさをおぼえてしまう。それはどうしてなのだろうと、桜を見ながら想いを馳《は》せていたんです。

あとのまつりではなく、まつりのあと——どういう意味でしょうか。

ええ、ええ。たしかに祭りは一度きりで終わりませんよね。翌年も、その次の年も、人が生き、神が祀《まつ》られるかぎり続いていく。つまり私たちは再び訪れるその日を信じて、儚い〈まつりのあと〉を眺めている——ふふ、なるほど。

いえいえ、いまの笑い声は馬鹿にしたわけではなく「良《い》い考えだな」と微笑《ほほえ》んだんです。再び出逢《であ》うために葬る、再会するために弔《とむら》う——そう思うと、すこし気が楽になります。

ええ、もちろん承知しています。この先も任務を躊躇《ちゅうちょ》することはありません。ひとかけも迷いなく〈処分〉を遂行するつもりです。それが私の仕事——九重十一《ここのえとい》の役目ですから。

春と殺し屋と七不思議

I

「いたぞ、ケンジ。あの女だ」

ヨッチンが興奮した声で、隣にしゃがむぼくを肘《ひじ》で小突《こづ》いた。

いきなり押されてバランスが崩れ、その場へ尻餅《しりもち》をつく。土筆《つくし》がぱきぱきと折れる音に、ヨッチンが怖い顔で振りむいた。

「バカ、静かにしろ」

怖い顔で唇に人さし指をあてる。

そっちのせいじゃないか——と言いたいのをこらえ、ぼくは小声で「ごめん」と謝った。自分勝手なやつだとは思うけど、彼にはいつも反論できない。

縮こまった姿を見て、ヨッチンがさらに頬《ほお》を膨《ふく》らませる。

「気をつけろ、見つかったら大変なんだぞ。だってあいつは殺し屋だからな。

殺し屋——どう考えても小学五年生には似あわない単語を、さっきから隣の同級生はくりかえしていた。

「うん……ごめんね」

何度聞いても信じられず、怒られるとわかっているのに上手《うま》く返事ができない。あんのじょうヨッチンは口を尖《とが》らせている。

「ケンジ、なんだよその態度。俺がウソついてるってのか」

「そ、そんなことないってば」

慌《あわ》てて首を振るぼくを睨《にら》み、ヨッチンが拳骨《げんこつ》を握りしめた。

「今朝、バスを降りたあの女が〝処分しなきゃ〟と言ったのを、俺はこの耳で聞いたんだ。そんなセリフ、殺し屋しか言わねえだろ。しかも、葬式でもないのに全身真っ黒なんだぞ。絶対に怪しいって。普通じゃねえって」

たしかに——ぼくたちが隠れている笹藪《ささやぶ》の向こう、一本道を歩く女の人は黒かった。コートもズボンも靴も手袋もすべて黒ずくめ。風になびく長い髪や手にしている大きな鞄《かばん》まで、なにもかもが黒い。どう考えても春先の村には似あわない恰好《かっこう》だ。

おかげで色白の肌がひときわ目立っている。黒と白の女——ヨッチンが殺し屋だと主張するのも納得がいく。

でも、本当にそうだとしたら——この村に彼女の〈標的〉がいるということになる。

こんな村に、標的。

にわかには信じられなかった。なにせ、ここは山のふもとにぽつんと佇《たたず》む、百人ぽっちが暮らす〈カソシューラク〉なのだ。森と田んぼと畑、あとは役場と学校とちいさな神社があるだけの退屈な村で、暮らしているのもつまらない大人ばかり。殺されるほどの悪人なんて、ひとりも思い浮かばない。

「……誰を処分するつもりなのかなあ」

そう訊《たず》ねたぼくに、ヨッチンが「そんなの誰でもいいんだよ」と低い声で答える。

「殺し屋だもの、相手なんか選ばず殺しまくるつもりなのさ」

「それ、殺し屋じゃなくて殺人鬼でしょ。だったら人が多い街に行けばいいじゃん」

「うるせえな、ケンジのくせにグチグチと」

ヨッチンが舌打ちをする。

反射的に「ごめん」が口からこぼれた。

「問題は〝あいつが村の人間を処分しようとしてる〟ってことだろ。それを知ってるのは俺らだけ。止めないでどうすんだよ」

予想外の言葉に面食らってしまう。

止めると言ったって、ぼくとヨッチンは十一歳なのだ。腕っぷしも頭の出来も、殺し屋どころか村の大人にすらかなわない。そもそも殺す方法だって銃なのかナイフなのかわからないのに、どうやって止めるつもりなんだろう。

　このままでは、ぼくたちが最初に殺されるかもしれない。そんなことを考えて思わず叫びそうになった、次の瞬間——砂利《じゃり》を踏む足音がふたつ、こちらへ近づいてきた。

「どうもどうも。ようこそ出羽原村《でわはら》へ」

　野太い声。あれは、タヌキだ。

　藪からおそるおそる首を伸ばすと、声の主は予想どおりタヌキこと村長の田附《たつき》だった。そのうしろでは、キツネのあだ名で知られる副村長、木津《きづ》の白髪《しらが》がちらちら見え隠れしている。小学校からの親分と子分、おじさんになったいまも一緒に行動しているふたり組。彼らこそ、ぼくがさっき言った〈つまらない大人〉の代表だった。

　田附が禿《は》げあがった頭部をハンカチで拭《ふ》きながら、女の人に向かって片手をあげる。

「これはこれは、出迎えもせず申しわけありませんな」

「いいえ、急きょ予定を繰りあげたのはこちらですので」

「さぞかし田舎《いなか》で驚いたでしょう。はっはっは。なにせ鉄道はとっくに廃線で、いまでは町からのバスが一日に二便しか……」

「別に。前もって調べていましたから」

　タヌキの挨拶を軽くあしらうと、彼女は鞄から名刺を取りだして村長たちに手渡した。

　田附がおずおずとそれを受けとり、眼鏡《めがね》を額に押しあげて顔を近づける。

「きゅう……じゅう、じゅういち」

「私の名前ですか。九重十一《ここのえとい》と読みます」

「な、なかなか珍しいお名前ですな。出身はどちらで」

「その質問は、今回の件に関係ありますか」

「あ、いや、別にそういうわけでは……」

九重と名乗った女の人の態度に、タヌキが珍しく戸惑っている。いっぽうの木津は名刺に顔を近づけ、お経みたいな言葉を読みあげていた。会社かなにかの名前だろうか。

「さいし、ほあん、きょう……」

「祭祀保安協会です」

「……たしか文化庁の方がいらっしゃると聞いていたんですが。東京のお役人は、こんな田舎に来るヒマなどないということですかな」

あからさまな嫌味を言いながら、九重をじろじろ眺めている。けれども、彼女に微塵《みじん》も怯《ひる》む様子はなかった。

「私ども祭保協は文化庁の外郭団体です。もっとも一般には公表されていませんので、公《おおやけ》に名前が出てくることはありませんが」

「非公表ですか。それはまた、ずいぶんと物々しい」

「ええ。今回のような事態に対応するため、十年前に設置された特務機関ですから」

「今回のような……事態」

木津の顔が青くなる。田附も彼女の言葉にギョッとしたのか、唇をぎゅっと結んだ。

ぼくは、そんな大人たちの様子を覗《のぞ》き見しながら――ちょっと白けていた。

会話の中身はほとんど理解できないけれど、要するに彼女はまともな大人なのだろう。そうでなければ村長たちが出迎えるなんて有り得ない。つまり、ヨッチンが唱《とな》えた〈殺し屋説〉はまるでデタラメ、今朝からの大騒ぎは勘違いだったことになる。

だとしたら、これ以上隠れる理由なんてないじゃないか。

「……ねえ、帰ろうよ」

そっと指でヨッチンの肩をつついたものの、反応はなかった。そんなぼくらをよそに、田附が九重へおずおずと話しかける。

「それで……今回の事態には、どのようなご対応を」

「これからすぐに調査をおこない、必要とあれば」

処分します――。

思わずヨッチンと顔を見あわせる。ぼくたちの驚きが伝わったみたいに、田附も「しょ、処分ですか」と声をうわずらせた。

「ええ。ご連絡したとおり事態は一刻《いっこく》の猶予《ゆうよ》もありません。早急な対処が必要です」

「まあまあ。長旅でお疲れでしょうから、まずは役場でお休みになってはいかがですか。

ご希望でしたら誰かに現場を案内させますので」

さっきの嫌味が嘘《うそ》みたいな猫なで声で、木津が九重をいたわる。どうやらこの事態をなんとか穏便に済ませ、処分とやらを止めようとしているらしい。もっとも彼女の表情を見るかぎり、ほとんど効果はなかったようだ。

「いえ、このまま現場に直行します。終わり次第ご報告に伺《うかが》いますので。では」

早口で告げると、九重は村長たちの返事を待たずに歩きだした。

遠ざかっていく黒い背中をぼんやり眺める。と、ヨッチンが激しくぼくを揺さぶった。

「な、な。聞いただろ。処分だってよ。やっぱりあの女、この村のみんなを犬猫みたいに殺すつもりだぞ。たぶん、あのふたりも女とグルだ。皆殺しにする気なんだ」

得意げに鼻を膨らませる友だちの言葉を、ぼくは——否定できなかった。

たしかに最近、村はおかしいのだ。

毎年、この時期には神社で春祭りがおこなわれる。けれども今年は、いまだに準備する気配さえなかった。おまけに大人たちもやけに態度がよそよそしく、みんな家に閉じこもっている。そういえば、昨日出くわした男の人もなんだか様子がおかしかった。役場の近くで遭遇したその人は、こちらを見るなり突然叫びだし、何度も転びながら走り去っていったのだ。

そのときは「おかしな人だなあ」と思ったけど——いまの会話を聞くかぎり、おかしくなっているのは彼ばかりではないのだろうか。そうだ、もしかしたら多くの村人がすでにおかしくなっているのかもしれない。あの九重という人は、おかしくなった村人を処分しにやってきたのかもしれない。

だとすれば殺し屋どころの話じゃない。

もっと大変な事態がこの村で起こっているのではないか。

とんでもないことが、これから起きるのではないか――。

「おい」

ヨッチンが背中を勢いよく殴《なぐ》りつけたおかげで、ぼくの推理は途中で中断してしまった。

「ちょっとぉ、なにすんのさ」

怒らせないよう、冗談めかした口調でやんわり抗議する。もちろんヨッチンからお詫《わ》びの言葉はない。それどころか、興奮のあまり目が血走っている。

「ボケッとすんな。すぐに女を追いかけるぞ」

「追いかけて……どうするのさ」

「ここは俺の村だ。誰であろうが勝手な真似《まね》なんかさせねえ。だから……やられる前にあいつを殺すんだよ。

「ころッ……」

息を呑《の》むぼくを置き去りにして、ヨッチンが藪の向こうへ姿を消す。

どうしよう。ついて行けば、九重は口封じのためにぼくたちを殺すかもしれない。けれども、このまま逃げ帰ればヨッチンからひどい目に遭《あ》わされる。

どうしよう、どうしよう――すこし悩んでから、ぼくは覚悟を決めた。

まずはヨッチンを止めなきゃ。

どうするかは、そのあとで考えよう。

不器用に藪をまたいで野道へ飛びだし、急いでヨッチンのあとを追う。突然あらわれたぼくを見るなり、田附が「うわあッ」と腰を抜かしてその場にへたりこんだ。

「お、お前ッ」

「ケンジ、ケンジッ」

木津の怒鳴り声にも振りかえらず、ぼくは駆け続けた。

2

砂利を鳴らしながら一本道をひたすら走る。

ときおり吹く風には花と草のにおいがまじっていた。田んぼの脇に生《は》えたセリだろうか、それとも土手に咲くナズナだろうか。花のにおいはヤマザクラかもしれない。

春のいのちの香り。吸いこむたび、なんだか胸が苦しくなる。ひさしぶりに呼吸をしたような気分だ。

道の右手へ目をやると、鉛筆そっくりな杉木立《すぎこだち》が何本も見えた。あの木の下には、村にたったひとつの神社がある。いつもだったら春祭りの提灯《ちょうちん》や幟旗《のぼりばた》で赤や黄色に飾られている時期だ。もっとも、今年は境内も参道もひっそりと静まりかえっていた。

どうして、この春はお祭りがないのだろう。

村の誰かに訊ねたかったけれど、いまは寄り道をしている余裕などない。ヨッチンに追いつくのが最優先だと自分に言い聞かせ、足に力をこめる。

二分ほど走ったころ――ちいさな影がふたつ、かなたに見えはじめた。

見なれた同級生の後ろ姿がぐんぐんと近づいてくる。その十数メートル向こうに、細い人影が見えた。ふたりの先には、ぼくたちが通う古びた木造校舎が立っている。

まさか、殺し屋の目的地は学校なのか。子供たちが標的なのか。けれども、いまはまだ春休みのさなか、校内も校庭も無人のはずだった。

じゃあ、なんで――疑問がむくむくと湧き、勝手に足が速まる。

ようやくヨッチンへ追いつき、背中に触れる。それが合図だったかのように、同級生が声をあげた。

「ねえ、お姉さん!」

一拍置いて、彼女が静かに振りむく。

どきりとした。

さっきは覗き見で気づかなかったが、九重は予想以上に若かった。大人の年齢はよくわからないけど、二十代半ばくらいだろうか。十代といっても通用するかもしれない。童顔というわけではない。すらりと整った目鼻が年齢をわかりにくくしているのだ。透きとおった顔のなかで唇だけが赤い。

なんだか、月に咲く花のように見えた。

「あなたたち、誰」

赤い花びらの唇をかすかに開き、九重がこちらに訊ねた。

「はじめまして、俺はヨッチン。こいつは仲良しのケンジ」

ヨッチンが、強引にぼくの肩を抱いて引き寄せる。

「ケンジ……くん」

九重の表情がすこしだけ変わった。

あまりにちいさな変化で、笑ったのか驚いたのか判断がつかない。どう答えればいいのかわからず黙っていると、ヨッチンがぼくの肩を離して一歩前へ進んだ。

「俺たち、お姉さんの手伝いをしてくるよう村長から頼まれました！」

「手伝い……」

「学校を調べるんでしょ。〝お前ら詳しいから案内してこい〟って言われたんです。よろしくお願いします！」

ウソだ。田附も木津も案内なんて頼んでいない。

なにを企《たくら》んでいるの——目くばせしたものの、ヨッチンは答えない。射貫《いぬ》くような視線で、九重をまっすぐ見つめている。

と、ふいに〈殺し屋〉が膝《ひざ》を曲げて、視線をぼくたちの目の高さに合わせた。

「じゃあ、せっかくだからお願いできるかしら」

唇には微笑《ほほえ》みをたたえているが、その目は冷たく光っている。ヨッチンの発言を信じていないのだろうか。騙《だま》したつもりが罠《わな》にかけられた——そんな不安をおぼえる。

「なにはともあれ、校内に入りましょう」

くるりと踵《きびす》をかえし、九重が学校の正面玄関へ歩きだす。追いかけようとするヨッチンの腕をとっさに掴《つか》み、ぼくは小声で訊《き》いた。

「ちょ、ちょっと。どういうつもりなのさ」

むっとした顔で、ヨッチンが「決まってるだろ」と答える。

「味方になったふりをして、あの女がスキを見せた瞬間に殺すんだよ」

「で、でも……武器もないのに」

「武器がなくても殺す方法なんていくらでもあるさ。たとえば、階段から突き落とすとか」

淡々とした口調に息を呑む。

九重が本当に殺し屋だったとしても、階段から転落すれば無事ではすむまい。打ちどころが悪ければ助からない可能性だってある。外国語のように感じていた「殺す」というひとことが、にわかに生々しさを帯びてくる。掌《てのひら》に冷たい汗がにじみ、視界がきゅっと狭くなった。

どうする。校内へ入ってしまったら、もう戻れないぞ。追いかけてきたのはいいけれど、本当に止められるのか。殺されるんじゃないか。あるいは、殺してしまうんじゃないか。悩む心とは裏腹に、足は前へ前へと進んでしまう。すでに九重とヨッチンは玄関をまたごうとしている。

数秒悩んで——ぼくは再び決意した。

よし、自分が犠牲になろう。

九重が階段をのぼりはじめたら、ヨッチンが突き落とす前に自分が転がり落ちるのだ。騒ぎになれば、ほかの大人がやってくる。殺し屋だって処分どころじゃなくなるだろうし、ヨッチンもうかつな行動はできなくなる。

でも——階段から落ちれば痛いだろうなと思う。怪我《けが》をするかもしれないと怖くなる。それでも、村の誰かが殺されるよりマシだ。

これしかない。

ふたりを追って、ぼくは玄関へ飛びこんだ。

3

薄暗さもあいまって、無人の校舎はことのほか不気味に思えた。

もっとも、怖がっているのはぼくだけで、ヨッチンは靴を蹴《け》り捨てて廊下をずかずかと進み、階段へ向かっている。いっぽうの九重は脱いだ靴をていねいに揃《そろ》えると、下足棚や柱時計、額に入った筆書きの校歌を眺めていた。

「外観だけかと思ったら、室内もずいぶん古いのね。文化財レベルだわ」

物珍しそうにあちこちを見つめる九重の様子が、ぼくには逆に珍しく見えた。毎日通っている自分からすれば「学校なんて、どこもこんなものだろう」としか思わないけれど、都会の人間はもっと近代的な校舎で学んでいるのかもしれない。

「まあまあ、まずはこちらへどうぞ」

ヨッチンが急《せ》かす。おどけた調子だが、彼の内心を知っている身としては気が気ではない。九重の処分や同級生の計画より早く、階段で〈自爆〉しなくては——慌てて靴を脱ぎ、ふたりのあとを追う。

ぎ、ぎ、ぎい——歩くたびに床板が軋《きし》む。まるで、校舎が笑っているように聞こえた。

春休み前もこんなにうるさかっただろうか。あまり憶《おぼ》えていない。

ぎ――ふいに音が止《や》む。見上げると、九重が階段の手前で足を止めていた。

「さて……まずは誤解を解くところからはじめましょうか」

「ご、かい」

「ええ。安心して。村の人を殺したりなんかしないわ。だから、階段から突き落とすのはやめてね」

絶句する。まさか、先ほどの会話を聞かれていたとは。ずいぶん離れていたはずなのに、どれほど耳ざといんだろう。

「……盗み聞きかよ。殺し屋じゃなくて泥棒だったんだな」

ヨッチンが忌々《いまいま》しそうに吐き捨てた。仮説がはずれて悔しいのか、それとも計画を見抜かれて恥ずかしいのか、唇を噛《か》みしめている。

「あら、こそこそ隠れていたのはそっちじゃない。おおかた、村長から頼まれたというのも嘘なんでしょ」

すべてお見通しだったのか――あまりにあっけない展開に放心しているぼくをよそに、ヨッチンは顔を真《ま》っ赤《か》にしながら捲《まく》したてた。

「じゃあ、じゃあ村に来た理由を教えろよ。それを聞いて納得するまでは〝殺し屋なんかじゃありません〟と言われても信じられねえよ」

鼻息を荒くするヨッチンを見すえ、九重がにっこりと笑った。

「そういえば自己紹介をしていなかったわね。私は九重十一。祭祀保安協会という組織で〈処分〉を担当しているの」

「なにを処分するんだよ。粗大ゴミを廃棄処分するのか、それとも悪い生徒を退学処分にするのかよッ」

ヨッチンは引き下がらない。いつにもまして口が悪くなっている。

と、いまにも嚙みつきそうな顔を見つめながら、

「七不思議よ」

九重が、おだやかに言った。

「七不思議って……学校の怪談みたいな、アレですか」

ぼくの発言に〈元〉殺し屋が首を縦に振る。

七不思議。女子がきゃあきゃあ騒ぎながら話題にしていたのを、なんとなく憶えていた。美術室にある肖像画の目が動くとか、誰もいない音楽室で楽器が鳴るとか——そんな内容だったはずだ。

まあ、休み時間や放課後の話題としては面白いかもしれないが、あくまで子供騙しの噂《うわさ》、すくなくとも大の大人が話題にするような代物ではないと思っていた。

それをいま、大の大人が口にしている。殺し屋の疑いが晴れたと思ったら、まさか七不

思議とは。まるで安っぽいテレビ番組だ。

ウソでしょ――思わず呟《つぶや》いたぼくに向かって、九重がはっきり告げた。

「本当よ。私は、この学校の七不思議を処分しにきたの」

4

「七不思議とひとことで言っても、その種類は多種多様でね。たとえば、俗に〈世界の七不思議〉と呼ばれているものは、各国の古代建造物を紹介する内容だったの。つまりは、けっこう昔から存在していた概念ってわけ」

「は……はあ」

呆然《ぼうぜん》とするぼくと、まだ怒っているヨッチンを前に、九重が先生みたいな口ぶりで語りはじめた。内容がさっぱり理解できないまま、ぼやけた返事を漏《も》らすことしかできない。

「日本でも十四世紀前半に〝根本中堂《こんぽんちゅうどう》で七つの不思議な出来事が起こる〟という記録がすでに書かれているわ。もっとも、当時の七不思議は神さまや仏さまの力を示す〈霊異《れいい》譚《たん》〉が中心だったんだけど、そのうち超自然的な現象や怪談、珍しい出来事まで勘定するようになったの。やがて、江戸時代になると七不思議は庶民のあいだでも持て囃《はや》され、地域の怪異として語られはじめる。代表的なところでは〈本所《ほんじょ》の七不思議〉なんかがそうね。

そして明治を迎え、七不思議は舞台を地域から学校へ移していく。感受性の強い子供たちが一堂に会し、おまけに絶えず構成要員が入れ替わる学校は、その手の〈モノ〉が跋扈《ばっこ》するのにうってつけの空間だったんでしょう……と、ここまではいいかな」

「は、はい」

相槌《あいづち》を打つ以外、なにも答えられない。

「なあ、どうして七つなんだよ。百でも千でもいいじゃん」

小馬鹿にした口調でヨッチンが野次を飛ばす。即席の授業に飽《あ》きたのか、あるいは挑発しているつもりなのかもしれない。

「七不思議は、七つじゃないと意味がないの」

言葉を続けながら、九重が二階に続く階段へ足をかけた。

「たとえば……一から十までの数字で三百六十度を割りきれないのは七だけなの。正七角形をコンパスと定規で描くことは不可能だし、六面で構成されたサイコロの向かい合った面は足すとどれも七になる。ほかの数には置き換えられない、絶対的な存在……いわば七というのは、秩序をたもつための数字なのね」

「せんせえ、アタマが悪くて意味がわかりませぇん」

ヨッチンが再び話の腰を折る。九重はこちらを一瞬見やっただけで、わけのわからない説明も、階段をのぼる足も止めようとはしなかった。

「そんな属性ゆえかしら、七という数は洋の東西を問わず広く用いられているの。七変化《しちへんげ》、七福神、七つ道具、初七日……春の七草も無関係じゃないわ。西洋では聖書が一週間を七日と定め、数学者のピタゴラスは〝七という数字こそ宇宙そのものだ〟と唱えたわ。ほかにも七つの大罪とか七元徳《しちげんとく》、そういえば童話の白雪姫に登場する小人も七人ね。あれもなにか関係があるのかしら、今度調べてみなくちゃ」

話しながら踊り場まで到着した九重が、ふわりと身体《からだ》を回転させた。空気が揺れ、甘いにおいが鼻をくすぐる。香水、あるいは石鹸《せっけん》だろうか。なんだかヤマザクラに似たにおいだった。

と——香りにどぎまぎするぼくへ視線を向けて、九重が不意に訊ねた。

「では、ここで問題。七の次の数はなんでしょう」

「え……八、ですか」

あまりに単純な質問、引っかけを疑いながら答えを口にする。

「正解よ。末広がりの八、八百万《やおよろず》の神、八百八町……八は〈数えきれないほどの量〉を意味する数字。つまり……八ではあふれてしまうの。均衡《きんこう》が崩れてしまうの」

「なあ、いつになったら先生ごっこは終わるんだよ。七不思議はどうなったんだよ」

蚊帳《かや》の外に置かれたヨッチンを、九重が鼻で笑った。

「つまりね、この学校には七不思議が八つあるのよ。それがちょっと厄介《やっかい》なの」

「意味がわかんねえ。七が八になったら、なにが困るってん……」

ぽおん――。

答えるように軽やかな音色がひとつ、階段の吹き抜けいっぱいに響いた。

あれは、ピアノの音か。

九重が二階へと顔を向けた。

「無人で鳴るピアノ……七不思議では定番中の定番ね。二階から聞こえたみたいだけど、音楽室でもあるのかしら」

さすがのヨッチンも、あまりに絶妙なタイミングに口を噤《つぐ》んでいる。しん、と静まったなか、五秒が過ぎ、十秒が経って――。

があんっ。

次に聞こえてきたのは、空気が震えるほど激しい音だった。やはりピアノの打鍵音《だけんおん》だが、弾《ひ》くというより殴りつけているといったほうが正しい。

身じろぐぼくたちを前に、九重が言った。

「これがさっきの答え。七不思議が八つになると、理《ことわり》が壊れて制御できなくなるのよ」

「こ、こんなの、誰かがイタズラしてるだけだろ。七不思議なんて、臆病なヤツをからかうための……」

ヨッチンが言い終わるより早く、黒いかたまりがこちらめがけて飛んできた。慌てて後ずさった足元に、かたまりが鈍《にぶ》い音を立ててぶつかる。

「ひ」

床を転がっているのはバスケットボールだった。表面が赤い液体にべっとりとまみれている。赤色の正体がなんなのかは、あまり考えたくなかった。

「……体育館の怪か。バレーボールの場合が多いけれど、この学校はバスケット派なのね。とはいえ、ここまで飛んでくるのはルール違反でしょ」

九重が爪先で軽く蹴るなり、真紅《しんく》のボールは意思を持っているかのように、廊下の奥へ跳ねていった。遠ざかっていく球体をぽかんと眺めるぼくたちへ、九重が言いはなつ。

「そろそろ〝厄介だ〟という意味を理解してもらえたかしら。連中も、いまはまだ校内で暴れているだけ。でも、この様子じゃ外に出てしまうのも時間の問題なの」

「学校の外に出ちゃうと……どうなるの」

ぼくの質問に、九重の表情がけわしくなる。

「生徒を〈驚かせる〉だけの存在だった七不思議の手綱《たづな》が切れて、〈脅《おびや》かす〉ための怪に変異する可能性が高いわ。さらに変異が進めば〈襲う〉ことが目的になるかもしれない」

そうだよ――と答えるように、玄関の柱時計が、ぼおん、と鳴った。

しばらく待ってみたものの、音はいっこうに止む気配がない。それどころか十二回目の鐘を終えても、なお響いている。

まさか、これも七不思議。

と、膝を震わせるぼくをよそに、いきなり九重が柏手《かしわで》を打った。

「ちょっと、話くらい静かにさせてよ」

あたりが再びしんとなる。静かな空気が、かえって怖い。

「……さて、説明の続きね。学校を飛びだした七不思議は周囲に影響をおよぼし、怪異の爆発的な流行を引き起こすの。これまで噂でしかなかったモノが実体をともない、人に牙を剝《む》く……そうなったら、もう封じこめるのは無理。この世の仕組み自体が根底から覆《くつがえ》ってしまう。だから、いまのうちに八不思議のひとつを処分して、七つに戻すのよ」

九重が言い終わると同時に、いきなり足元の階段が激しく振動しはじめた。

地震かと身がまえるぼくを前に、九重は「ふうん、お次は〝昇降で数が違う十三階段〟か」と、愉快そうに微笑んでいる。

「でも、登場が唐突すぎるわね。不合格」

そう言うや、九重は奇妙なステップで地団駄《じだんだ》を踏んだ。黒いコートの裾《すそ》が竜巻みたいにくるくるとまわる。ひときわ大きく足を踏み鳴らした途端、ぴたりと揺れがおさまった。

「反閇《へんばい》よ。一種のおまじないみたいなものだけど、これが効いているうちなら、まだ処分できるかも」

九重が呟く。静寂に耐えきれず、ぼくは口を開いた。

「ど、どれを処分するの？　ピアノ？　それともさっきのボール？」

ピアノやバスケットボールだったら、なんとなく勝てそうだ——そんな儚《はかな》い希望をこめた質問。けれども、九重は「いいえ」と首を横に振った。

「彼らは定番中の定番だから処分できないの。メニューから蕎麦《そば》をはずす蕎麦屋はいないでしょ。片づけるのは、後付けで生まれた〈あってはいけない不思議〉よ」

強い口調で言いきってから——彼女はなぜか、ちょっと悲しげな表情でぼくを見つめた。

「あってはいけない不思議って……それは」

「ダマされんなッ！」

ぼくの言葉は、耳を塞《ふさ》ぎたくなるほどの怒声に掻《か》き消された。

5

ヨッチンがこちらを睨んでいる。

その顔色はすでに赤をとおりこして黒に近い。こめかみに血管が浮き、嚙みすぎた唇の端からは血がひとすじ顎《あご》を伝っていた。

「こんなの全部インチキだ！　なにもかもこの女が仕組んだお芝居だ！」

「お、落ちついてよ、ヨッチン」

おだやかな声でなだめながら、ぼくはちょっぴり戸惑っていた。九重に恥をかかされたとしても、ここまで我を忘れるのは普通じゃない。なにが彼をここまで怒らせているのか。理由を訊くよりも早く、ヨッチンが大股《おおまた》で近づいてきた。

「なあ、ケンジ……俺とそいつのどっちを信じるんだ。選べよ」

「え、選ぶ？」

「昔からの友だちと得体《えたい》の知れない女、どっちが正しいと思う。はっきり名前を言ってみろ。きちんと言葉にしてみろ」

助けを求めて九重へ視線を送る。けれども黒い女は唇を固く結んだままで、なにごとか考え続けていた。子供の喧嘩《けんか》など眼中にないということか。

強く握りしめた拳《こぶし》を振りあげ、ヨッチンが迫ってくる。なんと答えても、数秒後には鉄拳がみぞおちか顔面に命中するに違いない。

思わず固く目をつむり、お腹《なか》に力をこめる。

「さあ、どっちだッ。どっちなんだッ。どっちを選……」

一瞬の出来事だった。

ヨッチンが言い終わらぬうち、三人めがけて二階から猛烈な風が吹きつけた。階段から転がされそうなほどの強風、とっさにかがんで重心を低くする。いっせいにガラス窓が震え、踊り場の壁に掛けられた巨大な鏡がいまにも落下しそうなほど揺れていた。

轟音《ごうおん》、突風、振動。そのまま何分が過ぎたのだろうか。ようやく騒ぎがおさまって、おそるおそる身体を起こしたときには——ヨッチンが消えていた。

「……ヨッチン？　ヨッチン！」

返事はない。

あたりを見わたすと、彼が立っていた位置から廊下の奥に向かって、濡《ぬ》れモップを引きずったような跡がべったり続いている。掃除のなごりではない証拠に、床板の染みは真っ赤に染まっていた。

九重が溜《た》め息《いき》を吐《つ》く。

「ここまで凶暴になっているとは、予想外だったわ」

凶暴——絶望的なひとことに耐えきれず、ぼくは血の跡を追って駆けだした。

階段を下り、廊下を抜け、角を曲がって、一階の突きあたりに位置する女子トイレへとたどりつく。

磨《す》りガラス越しに見える扉の向こうは、ぞっとするほど冥《くら》かった。まだ陽《ひ》が高いはずなのに、暗幕でもかぶせたみたいに陰っている。

なんなの。これ、なんなの。

と、逡巡《しゅんじゅん》するぼくを押しのけて九重が扉を開け、なかへと押し入った。

がらんとした薄暗い空間に、友人の姿は見あたらない。タイルの上を走る赤黒い帯は、いちばん奥の個室で途切れている。

ひとつずつ個室をたしかめていた九重が、無言で首を振った。

「いないわね」

「ヨッチンは、ヨッチンはどこに行ったの」

「人質を取ったつもりなのかしら……それとも」

九重は顎に手をあて、なにやら考えこんでいる。答えを待ちきれず、ぼくはコートにしがみついた。

「ねえ、助けてよ。ヨッチンを助けてよ。そのために来たんでしょ」

「いいえ、私の目的は七不思議の処分よ。いじめっ子の救出じゃないわ」

「いじめっ子じゃない！」

自分でも驚くほどの大声が喉《のど》から漏れる。

「たしかに、たしかにヨッチンはすぐ怒るし、乱暴だし、ちょっと怖いけど……悪いやつじゃないんだ。彼なりに大切なものを守っているんだ。すこし困った性格の、それでも大事な友だちなんだ。殺されて良い人間なんかじゃないんだ！」

ひと息に言い終える。一気に力が抜け、ぼくは床に膝をついた。

「なるほど……その性格がすべての原因かもしれないわね」

「……なにそれ。ちゃんと説明してよ」

「残念だけど説明するには時間が足りないわ。言葉より行動で教えてあげる。ただし」

九重がぼくの両脇へ手を差し入れ、軽々と持ちあげて起立させる。きゃしゃな見た目からは考えられない腕力に驚くぼくを見すえ、彼女が言った。

「これ以上踏みこんだら……あなたも無事では済まない。それでも良いのね」

返事を求められても、迷いはなかった。

ぼくが頷《うなず》くなり、九重は廊下を早足で戻りはじめた。

「ちょ、ちょっと。どこ行くの。ヨッチンはこの女子トイレで消え……」

「跡を追いかけても発見は難しい。だから、逆におびき寄せるの」

ヨッチンを拐《さら》った相手を。

歩調を速めた九重をあわてて追いかける。ふたりを嘲笑《あざわら》うように、背後で女子トイレの扉がばたんばたんと開閉を繰りかえしていた。

6

階段を駆けのぼり、二階へと進む。

「図書室はどこかしら。資料では、この階にあるはずなんだけど」

「ええと、たしか美術室の奥だから……こっちだッ」

ならんで廊下を走っていると、美術室からけたたましい笑い声が響いてきた。あまりの高笑いにドアがびりびり震えている。思わず足を止めるぼくの手を、九重が握りしめた。

「モナリザの肖像画よ。嗤《わら》うだけで害はないから、気にしないで」

返事を待たず、腕を引いて歩きだす。掌《てのひら》のぬくもりだけに意識を集中させ、美術室の脇を駆けぬけた。

指先に伝わるあたたかさ——ふと思う。

この人は、いったいどんな経験を積んできたのだろう。どれほど多くの〈処分〉をおこなえば、ここまで動じなくなるのだろう。

彼女くらい強ければ、大切な人を守れるのに。大切なものを救えるのに。

無意識のうちに、ぼくは隣を走る九重を見つめていた。その横顔は、なんだか美術室に置かれている女神の彫刻みたいだった。笑っているようにも泣いているようにも見える、あの表情によく似ていた。

視線に気づき、九重がすこし戸惑った表情を浮かべる。

「ゴミでもついているのかしら」

「いや……あの、ありがとうございます」

「え」

「ヨッチンを……あと、この村を助けようとしてくれて。ちゃんとお礼を言えてなかったなと思って」

どういたしまして——と答えてくれるのではないか、にっこり笑ってくれるのではないか、そんな予想をあっさり裏切って、九重は寂《さび》しそうに「ごめんね」と呟いた。

いまの言葉は、誰に対して詫びたのか。

なぜ謝るのか。

訊ねるよりも早く、「ここね」と女神が足を止めた。

たどりついた図書室は——意外にも、しんと静まりかえっていた。

大きな窓から光が射《さ》しこみ、本棚にならんだ無数の背表紙を照らしている。さっきまでの出来事は夢じゃないか——そう思いたくなるほど、穏やかな空気だった。

「……ここで、八つめの不思議が起こるんですか」

「いいえ。調べたかぎり、本にまつわる不思議はないみたい」

「じゃあ、なんでここに」

「すぐにわかるわ」

返事もそこそこに、九重は本棚のひとつへと歩み寄った。

木枠には〈出羽原小のあゆみ〉と手書きの紙が貼られている。どうやら、この学校に関係する書籍が収納された一角らしい。

「違う、違う、これも違う……あ」

背表紙をなぞっていた九重の指が止まり、おもむろに一冊を抜きだした。

「見つけた」

子供の目にも手作りとわかる、ホッチキスで綴《と》じられた冊子。水色の表紙には、やはり手書きの文字で『昭和五十七年度・卒業文集』と書かれていた。

混乱するぼくを置き去りにしたまま、九重が文集をぱらぱらと捲《めく》りはじめる。

「どれどれ……ああ、このページだわ。卒業生特別企画、在校生にこっそり教える出羽原小学校の七不思議……なるほど、ちょっとした余興《よきよう》の企画だったみたいね。その一……美術室のモナリザが笑う。その二、真夜中にピアノの音が聞こえる」

透明な声で九重が音読する。胸の奥から湧きあがる叫びを必死にこらえ、ぼくは彼女の声に耳を澄ました。

「その三、体育館で血まみれのバスケットボールがひとりでに跳ねる。その四、午前二時に踊り場の大鏡を見ると自分の死に顔が見える。その五、西階段の数を勘定しながらのぼると、毎回段の数が違う。その六、玄関の柱時計が十三回以上鳴る。その音を聞いた人は不幸になる。その七、女子トイレのいちばん奥の個室をノックすると、無人なのに返事がかえってくる……」

「え、七つしかないけど」

「そう、最初はちゃんと七つだったみたい。でもね」

○4○

それきり、九重は黙ってしまった。

遠くでヒバリが鳴いている。森がざわめいている。あまりにものどかな音が、かえって恐ろしい。いま起こっていることが現実なのだと実感させられてしまう。

「ねえ……早く、早く続きを言ってよッ」

絞りだすように訴えるなり、九重が文集をくるりとこちらに向けた。

「……でもね、誰かが八つにしてしまったの。ほら」

生徒が書いたものをコピーしたのだろうか、原稿用紙のマス目に沿って、七不思議がイラスト付きで書かれている。その余白部分に、乱暴な手書きの文字が躍っていた。

見てはいけない、見てしまったら戻れなくなる——わかっていても、ぼくは抵抗できなかった。顔を近づけ、余白の文字を声にだして読んだ。

「八つめ……誰もいない図書室で、神かくしにあった男子生徒の名前を呼ぶと、その子があらわれる……男の子の名前は」

タカミヤケンジ——。

「そう、これはあなたなの。高宮健二くん」

すべての音が消える。

雲が動き、室内が昏《くら》くなる。

「ごめんね。私、ひとつだけ嘘をついた」

九重が文集をそっと閉じて棚に戻す。

「村の人を殺しにきたわけじゃない。さっきはそう言ったけど、本当はあなたたちを……いいえ、あなたを処分しにきたの」

「……なんで」

「この文集が完成する前年度……当時小学五年生だった高宮健二という生徒が、放課後の神社で煙のように消えてしまったの。必死の捜索にもかかわらず、彼はとうとう見つからなかった。そして翌年、誰かがこの文章を卒業文集にこっそり書き足したのよ。たぶん、一緒に卒業するはずだった同級生の記録を残しておきたかったんでしょう。でも、おかげで七不思議は八つになってしまった。あふれてしまった」

「あふれた……」

本棚を見つめたままで九重が、こくん、と頷いた。

「それでも、しばらくは問題なかった。これはあくまでも学校のなかで語られる噂。この文集をたまたま読んだ、わずかな生徒の記憶に残るだけのものだったから。でも……その均衡が崩れたの」

「どうして」

「災厄よ」

「さいやく」

「去年の春に日本を……いいえ、世界中を疫病が襲ったの。人が集まると感染《うつ》ってしまう病気でね。おかげでお祭りというお祭りが開けなくなってしまったのよ」

はっとする。

祭りの支度がおこなわれていなかったのは、そういう理由だったのか。

でも、それと七不思議にどんな関係が——。

こちらの疑問を見透かしたように、九重が再び口を開いた。

「祭りというのは、神と呼ばれるモノを敬い、崇《あが》め、鎮《しず》める目的でおこなわれるの。年に一度それを開くことで、神は自分が神なのだと認識し、聖域で鎮まってくれる。いわばウイルスの暴走を止めるワクチンみたいなものね。でも……去年も今年もそのワクチンが打てなかった。すると、どうなると思う」

答えが見つからず沈黙するぼくへ、九重がするりと近寄ってささやいた。

「発症するのよ」

「はっ……しょう」

「寂しさに耐えきれなくなるのか、怒りで我を忘れてしまうのか。それとも本性があらわれるのか……とにかく神は神であることを放棄して、留《とど》まるべき境界を越えてしまうの。その影響で、世のなかのバランスまでもが崩れるのよ」

「じゃあ、七不思議もそのひとつなの」

「ええ。それを元に戻すのが私の役目。祭保協の目的」

「……ウソだ、ウソだよ。そんなのデタラメだ！」

衝動を抑えきれず、ぼくは棚につかまって暴れた。こぼれた本が膝や靴にぶつかり、次々と床に落ちていく。

「だって、ぼくはこうしてちゃんと生きてるじゃないか。いまみたいに本だって落とせるし、村のなかも自由に動きまわれる。ヨッチンとも毎日遊んで」

「じゃあ、昨日はヨッチンとどこでなにをして遊んだの」

「え」

「今日はどうやって会ったの？　彼があなたの家へ呼びにきたの？　それは何時くらい？　そもそもあなたの家の住所は言える？　お父さんやお母さんはどんな人？」

「それは、それは」

なにも思いだせなかった。

「あなたに記憶がないのは、本来なら〈学校のなかだけにいるモノ〉だからよ。それが村内をうろついている現状こそ、均衡が崩れているなによりの証拠なの」

「ぼくは……幽霊なの」

「厳密に言えば幽霊とは違うわ。〈囚《とら》われてしまった存在〉とでも言えばいいかしら」

「囚われたって、誰に」

「神かくしに遭わせるのは、神と相場が決まっているでしょ。暴れ神があなたを拐って、誑《たぶら》かして、騙して、眷属《けんぞく》にしたの」

「でも……神様なんて見たことも会ったこともないよ」

「いいえ、あなたはずっと一緒にいた。ついさっきまで」

「え」

「そう、つまり」

「うるせえど」

いつのまにか——背後に〈それ〉が立っていた。

人の形に無理やり獣を混ぜこんだような、見たことのない生き物だった。

無理やり知っている動物でたとえるなら、身体の毛をすべてむしり、口をナイフで笑顔の形に切り裂いた猿——だろうか。

まだらに生えた、針金そっくりの髪。枝みたいに細長い手足の指。桃色の肌に浮きあがった血管が脈打っている。唇から覗く剝きだしの歯は、米粒大のものから尖った犬歯まで、どれもばらばらの形状をしていた。

「やはり黒幕はあなたね、ヨッチン」

ヨッチン——だったものが、黄色い眼球で九重を睨む。

「思ったとおり、拐われたというのは自作自演だったみたいね。ケンジくんをそそのかして邪魔な私を殺そうとしたけど、七不思議の暴走で計画が失敗したもんだから、ちょっと焦《あせ》っちゃったのかしら。自ら手を下せないのは、さしずめ先住の民と契約でも交わしていたんでしょ」

「喧《やかま》しい小娘め。なにも知らねくせ、一丁前の口ば利《き》ぐなじゃ」

獣が憎々しげに唸《うな》る。声こそヨッチンだが、響きは遠吠《とおぼ》えに近い。

「へえ……その訛《なま》り具合だと古い産土神《うぶすながみ》なのかしら。もっとも、神かくしに遭わせた子供しか使役《しえき》できないなんて、神力はあまり高くないみたいだけど」

「腐っても神は神ぞ。敬えや。畏《おそ》れろや」

「勝手に腐ったくせして上等な口を利かないでよ」

九重が鼻で笑う。

次の瞬間、つむじ風が渦を巻いて図書室を襲った。

床の本がばさばさと羽ばたき、激しい音を立てて窓ガラスが宙に舞う。九重がコートを手早く脱いで、羽衣《はごろも》のように頭から被《かぶ》った。ちらりと見えた裏地には、星印の紋様《もんよう》がいくつも縫いつけられている。降り注ぐガラスの破片が、透明な球体にぶつかったかのようにぼくたちを避《よ》けて、周囲の床に散らばった。

「……やれやれ、あんたみたいな〈名無しの神〉がいちばん厄介なのよね。祝詞《のりと》も読経《どきょう》もたいして効かないんだもの。これだから田舎者は嫌いよ」

舌打ちをして、九重がぼくに向きなおる。

「ケンジくん、この五芒衣《ごぼうえ》もそれほど長くは保《も》たない。だから早く選びなさい。このまま荒ぶる神の玩具《おもちゃ》として過ごすか、それとも普通の人間としてきちんと死ぬか」

「きちんと、死ぬ……」

「そう。人の子として生まれたものは、人の子として死ぬ権利があるの。でも、それを選べるのはあなたしかいないのよ。自分が望まなければ、あなたはずっと神のしもべなの。大切な人に悲しんでもらうことも、弔《とむら》ってもらうこともできないのよ」

九重がぼくの肩を揺さぶる。

説得を邪魔するように、腐った顔を持つ神がヨッチンの声音《こわね》で呼びかけてきた。

「ケンジぃ、ケンジぃ。ずっとずっと俺ど遊ぶべぇ。良《え》ぇがら俺の名前を呼べぇ」

再び風が唸り、カーテンが躍る。九重がコートを羽織りなおしてヨッチンを睨みつけた。

「いい加減にしなさい。人の子をいつまで隠世《かくりよ》に縛るつもりなの。もう充分に戯《たわむ》れたでしょう、愉《たの》しんだでしょう。そろそろ身体も魂も、現世《うつしよ》に還《かえ》してあげなさい」

「うるせじゃ、ケンジはとこしえに俺どいるのが幸せだのさ。あまりに人は脆《もろ》いもの、人は狡《ずる》いもの」

「いいえ」

九重が、だん、と強く足を踏み鳴らした。

「人は強くて優しいのよ。どんな災厄が訪れようと、どんな不運に見舞われようと、何度でも立ちあがる逞《たくま》しさを失わないの。それが人なの」

「戯《ざ》れ言《ごと》ぬかすな、小娘ぇ」

腐れ神が牙を剝く。とっさに身がまえた九重の手を――ぼくは摑んだ。

「ねえ」

さらに指へ力をこめる。

九重がそっと握りかえしてきた。

「ぼくのことを悲しんでくれる人は、本当にいるの」

「……いるわよ。約束する。その人は、あなたをいつまでも待っているわ」

悲しむ人がいる――そのひとことは、すこし寂しくて、とても嬉《うれ》しかった。

ちいさく頷いてから、ぼくは腐れ神に歩みよる。

「……ごめんね、ヨッチン。楽しかった」

「ケンジ、行ぐなてば。俺どいろお。人の子などやめでまえぇ」

「でも……ぼくはやっぱり人だから。弱くて脆い人だから。強くて優しい人のために」

ちゃんと死ぬんだ。

言いきった瞬間、見えない鎖が緩んだように身体が軽くなる。

九重がすこしだけ微笑み、すぐ真顔に戻って息を吸った。

「……ひと、ふた、み、よ、いつ、む、なな、や、ここの、たり」

ふるべ、ゆらゆらとふるべ――。

「唱えたるは布瑠《ふる》の言《こと》なり。かく為《な》せば死《まか》れる人は返りて生きなむ」

腐った神が小刻みに痙攣《けいれん》する。

「ひとのこ、ひとのこ、ひとのここごごご」

震えに同調し、割れた窓も無数の本もカーテンも机も椅子も書棚も、図書室のすべてが震え、揺れ、はためいた。

まもなく、音がひときわ大きくなってから――唐突に止み、そして。

ぼくは消えた。


静まりかえった図書室には、九重ひとりが立ちつくしていた。

「さよなら……そして」

おかえり。

虚空《こくう》に向かって語りかける。

玄関で、ぼおん――と、柱時計がひとつ、鳴った。

7

夕暮れの校庭をしずしずと歩く九重を見つけるなり、田附と木津が駆けよってきた。

「あの、あの」

「終わりましたよ。協会規定にのっとり、適切に処分させていただきました」

「じゃあ、じゃあケンジは」

「ええ、神社の境内を調べれば、少年の骨が出てくるはずです。ようやく、数十年ぶりにちゃんと死んだんですよ」

あなたの同級生は。

その言葉を聞くなり、田附は地べたに膝をついて崩れ落ちた。慌てて木津が駆け寄り、タヌキのように丸々とした背中をさする。

深々と息を吐いてから、田附がゆっくりと口を開いた。

「ケンジは……こんな村には珍しい本好きのおとなしいやつでね。当時の私はあいつを毎日からかっていた。いまとなっては信じてもらえないだろうが、嫌いだったわけじゃない。本なんか読まなかった私は、どうすれば仲良くなれるのかわからなかったんだ。それで、あの日……」

生ぬるい春の風が、木々をざあざあ揺らす。遠くに見えるヤマザクラの花吹雪《はなふぶき》へ視線を向けながら、田附が告白を再開した。

「神社の境内で本を読むあいつを見つけ、私は話しかけようとした。いつも楽しそうな顔でなにを読んでいるのか……それを訊きたかっただけなんだ。ところがケンジは私の姿を見るなり怯《おび》えて逃げだした。カッとなった私は、あいつを追いかけて襟首《えりくび》を引っ摑むと、神社の拝殿に無理やり閉じこめたんだ」

不穏な昔語りを煽《あお》るように、風がいっそう強くなる。ヤマザクラの薫香《くんこう》が、うっすらと鼻に届いた。

「しばらくは泣き声が聞こえていた。ところが突然……拝殿のなかから突風が吹いて、木の扉が恐ろしく揺れて……おさまったときには声が聞こえなくなっていた。それっきり、拝殿はもちろん境内のどこにも、ケンジの姿は見あたらなかった」

木津がこちらを見て静かに頷く。もしかしたら、彼もその場にいたのかもしれない。

「何日も何日も、それこそ雨の日も風の日も捜した。捜索にも志願して、大人と一緒に出かけた。けれども、あいつはとうとう見つからなかった。やがて秋になり、冬を迎え……大人たちは次第にケンジについて話さなくなった。〝神かくしだから諦めろ〟と公言する教師さえいた。そんな彼らに憤《いきどお》っていたはずの私も、あるときケンジの顔を忘れはじめている自分に気がついた」

田附が、握り拳で地面を何度も殴った。鈍い音だけが校庭に響いている。

「自分にも、大人にも……なによりも、ケンジを拐った相手に腹が立った。だから、私は考えた。神かくしなんて荒唐《こうとう》無稽《むけい》な形で消えたのなら、おなじくらい信じられない方法でなら連れ戻せるんじゃないか……とね」

「それで、卒業文集に彼の噂を書き残したんですね」

九重が問うや、木津が立ちあがって声を荒らげた。

「違うッ、書いたのはヨッチン……いや、喜朗《よしあき》村長ではなく私です。卒業の直前に相談を受けて、〝噂を作ろう〟と提案し、文集の余白に書きこんだんです」

ヨッチン──なるほど、それであの産土神はそう名乗っていたのか。ケンジの心を縛るため、彼が畏れる存在に化身していたのか。

内心で独《ひと》り納得しつつ、九重は再び田附たちの懺悔《ざんげ》に耳を傾ける。

「本好きのあいつなら図書室にひょっこり戻ってくるんじゃないか……馬鹿げた考えだが、私たちにはそれくらいしかできなかった。だから、大人になってもあの校舎だけはそのまま残るよう努めたんだ。村長に就任してからは、木津と声を揃えて解体に反対し続けた。もっとも、ケンジは帰ってこなかったがね」

「今年までは」

低い声に、田附と木津が揃って頷いた。

「去年から日本中が騒がしくなり、このあたりの祭りも次々と中止になった。感染のリスクを考えれば、さすがに村としても春祭りを開催するわけにはいかない。なにより、人が集まらない行事をやっても赤字になるだけだったからな」

「神事だけはおこなうべきでした。どれほど商業化していても、ささやかな規模であっても、祭りは祀《まつ》ることに意味があるんです。今回の件でご理解いただけましたか」

「痛いほどね」

よろめきながら田附が立ちあがった。先ほどの傲岸《ごうがん》な態度はすっかり消え失《う》せている。

「祭りの中止を決めた直後から〝変な子供を見た〟という報告が相次いでね。村人から容姿を聞いて卒倒しそうになったよ。ケンジが失踪したとき、そのままの恰好だった」

「それで、半信半疑ながらも連絡をくださったんですね。賢明でした」

木津が、おずおずと田附の前に出る。

「実は……今朝、とうとう村長も私もケンジを目撃しましてね。あなたとお会いした直後です。あまりに驚いて腰を抜かしそうになりました」

「良かったじゃないですか。最後に一度だけでも再会できて」

静かに告げたひとことに、田附が嗚咽《おえつ》を漏らして再び泣き崩れた。級友の背中を見つめたまま、木津が静かに問う。

「……私たちは、これからどうすれば」

「校舎は解体なさったほうがよろしいでしょう。暴れ神の手引きとはいえ、七不思議が味を占《し》めてしまいましたから。あとは有志だけでかまわないので、早めに祭りをおこなってください。あの程度の神力なら、ちゃんと祀れば大人しくなるはずです」

では、私はこれで——。

立ち去ろうとする黒い背中に、木津が声をかけた。

「あの、私たちの村はこれで良いとして……いま、日本のいたるところで祭りが中止になっていますよね。大丈夫なんですか。このままでは、とんでもないことが起きるんじゃないんですか」

「ええ、もちろん。これから大変でしょうね。だから」

我々がいるんですよ。

言い終わるより早く激しい風が吹き、砂埃《すなぼこり》が視界を塞いだ。とっさに顔を伏せ、ふたりは突風をやり過ごす。

「……えっ」

「そんな」

ようやく目を開けると、九重の姿はどこにも見えなくなっていた。

「……おい、あれ」

田附が口をぽかんと開けたまま、真上を指す。

いつのまにか上空に無数の烏《からす》が集まり、春風に舞う花吹雪のなかを悠々と飛びまわっている。

ふたりが見つめるなか、黒衣をまとった群れは手を振るように輪を描きながら、黄昏《たそがれ》の空をいつまでも飛び続けていた。

いざない

その朝──九重《ここのえ》は路傍《ろぼう》に立つ木祠《もくし》の前で立ちどまり、そっと合掌した。

ちいさな祠《ほこら》は藪《やぶ》に埋もれており、なにを祀《まつ》っているのか判然としない。かろうじて見える屋根は風雪で黒ずみ、観音開きの扉は左半分が外れていた。道すがら、どうにも捨て置けず手を合わせてはみたものの、この様子だと御神体はすでに不在なのかもしれない。

そのように思っていたものだから、祠を離れてまもなく、ひたり、ひたりと背後で足音が聞こえたときには「まだ祭神が棲《す》んでいたのか」と、すこしばかり驚いてしまった。

足音の主に気取《けど》られぬよう靴音を忍ばせつつ、長い石塀《いしべい》に沿って歩を進める。ほどなく塀が途切れ、鳥居を模したとおぼしき冠木門《かぶきもん》が姿をあらわした。門の先には濃淡さまざまな緑に彩られた日本庭園が広がっている。四季折々の草花や木々、苔《こけ》むす石が巧みに配されている庭は、一般人の立ち入りが禁じられているのが勿体《もったい》ないほど趣きに満ちていた。

雨のように降りそそぐ木漏《こも》れ日のなかを、九重は慣れた足どりで奥へ奥へと進んでいく。黒橡《くろつるばみ》の外套《がいとう》が初夏の陽光を受けて、螺鈿《らでん》を思わせる虹色に輝いていた。

と、ふいに視界が開け、巨大な平屋の建造物が目の前にあらわれた。

桟瓦《さんがわら》を葺《ふ》いた切妻屋根と、屏風《びょうぶ》のように屈折した外壁。周辺には黒い石畳が敷かれ、結界よろしく大きな円を描いている。知らぬ者が見たなら、美術館の類《たぐい》とでも思うに違いない。

さて、〈あれ〉はまだ背後に居《い》るだろうか。振りかえるなり、ひた、と足音が止まった。

燦々《さんさん》と照る光のなかに、人ほどもある陽炎《かげろう》がむうむうと揺らいでいる。

初夏とはいえ、そこまで暑くはない。つまり——。

九重はわずかに膝《ひざ》を屈《かが》めると、たゆたう空気に目線を合わせてから口を開いた。

「あの建物は私が所属する、祭祀保安協会《さいしほあんきょうかい》の本館です。私たちは神事祭事をつつがなく執《と》りおこない、忘れられた神をあるべき姿に戻すことを為事《しごと》としています……すなわち」

あなたのための施設なのです。

かすかに陽炎が動いた。驚いたようにも、頷《うなず》いたようにも見える。

「宜《よろ》しければ、ご一緒しませんか。如何《いか》なる神であるかを調べたうえで、正しく祀らせてください。変わり者ぞろいの組織ですが、あなたを蔑《ないがし》ろにする者は誰もおりません」

静かに告げて虚空《こくう》へ一礼すると、九重は再び歩きだした。黒衣の背を追って、足音が速まる。ひたひたという響きに、どこか嬉《うれ》しげな気配が滲《にじ》んでいる。

われはうみのこ

I

夏特有のぬるい浜風が吹くなか、迎田進造《むこうだしんぞう》は夜の海岸をのんびり歩いていた。

月光を反射する白波は優しく、潮騒《しおさい》も子守唄のようにおとなしい。冬の荒れ模様が嘘《うそ》のような日本海を眺めつつ散歩するのが、進造の目下の楽しみだった。昨年までは昼間に闊《かっ》歩《ぽ》していたのだが、全国的に感染症が広がって以降は第三者との接触を避け、日が暮れてから歩くように努めている。もとより寂《さび》れた港町、人と遭遇する機会は多くないのだけど、今年で喜寿の身とあっては用心するに越したことはない。

「とはいえ……寂しいもんだなあ」

思わず独《ひと》りごちてしまう。例年なら祭りの支度でにぎやかな頃合いだが、今年は町も海辺も静まりかえっていた。みなが瘴気《しょうき》を吸わぬよう息を潜め、悪いモノに居場所を悟られまいと気配を殺している。こんな日々がいつまで続くのか。こんな日々をいつまで続けられるのか。やるせなさに息をひとつ吐いてから、進造は遠方を眺めた。

十数メートル先の砂浜が、星でも散らしたかのごとく輝いている。

おおかた若い連中が花火遊びでもしたまま、片づけずに立ち去ったのではないか。海辺とはいえ火を放置するなど危険きわまりない。そんな真似《まね》をする輩《やから》は地元の人間ではないだろう。まったく、余所者《よそもの》は本当に厄介《やっかい》だ。無遠慮に自分の流儀を押しつけ、こちらの慣習を蔑《ないがし》ろにする。弁舌ばかり巧みで、与えるふりをしながら奪っていく。

余所者といえば、あの東京者も問題だ。いつも仏頂面《ぶっちょうづら》で、こちらに話しかけようともしない。あんな男に町を任せるなど——。

愚痴《ぐち》を吐きつつ進めていた足が、光の正体に気づいて止まる。

「これは……」

浜を埋めつくしているのは、大小さまざまな魚の死骸《しがい》だった。十匹や二十匹ではない。五十匹、百匹——否《いや》、それ以上か。数えきれないほどの魚たちが、ぎらぎらと光っている。

波が運んできたのだろうか。たしかにこの時期は潮流が変化し、奇妙な品々が浜に漂着する。外国製らしきガラス瓶《びん》や用途不明のプラスチック片などは珍しくないし、最近では漁船が一艘《そう》まるごと流れついたこともある。とはいえ、これほどの死骸を見るのはここで生まれ育った進造もはじめてだった。海水の温度が上昇したのか、あるいは沖に排水でも流れたのか。それとも——。

「……なんだ、ありゃあ」

「……とにかく早めに処理しないと、この暑さじゃ異臭で大変になるぞ」

おそるおそる近づくなり、進造は自身の発言が誤りだと悟った。

このままでは大変になる――ではない。大変な事態は、すでに発生していた。

魚は一匹残らず無惨に潰《つぶ》れ、真っ赤な腑《はらわた》を砂地にばら蒔《ま》いている。

まるで、巨大な獣にでも踏み荒らされたかのように。

「いったい……なにが起きとるんだ」

答えのかわりに、ひときわ強い風が浜を吹きぬけていく。

2

「無理に決まってるだろうが！」

予期せぬ怒声に驚き、久慈玲奈《くじれいな》は危うくお盆を落としそうになった。

麦茶を注いだグラスが四つ、盆の上で震えてかちゃかちゃと鳴る。玲奈の焦《あせ》りを代弁するかのごとく、蟬《せみ》がぴたりと鳴き止《や》んだ。静まりかえったプレハブの室内に、古い壁掛け扇風機の駆動音だけが響いている。

怒鳴り声の主は「NPO法人・卯巳町《うみちょう》活き活きセンター」事務局長の須貝誠《すがいまこと》だった。

今年で三十五歳になる偉丈夫《いじょうふ》だが、褐色に焼けた肌のおかげで実年齢より若い印象を与えている。日頃から「学生時代にラグビーでとことん鍛えた」と豪語している岩石めいた体軀《たいく》が、いまは怒りで小刻みに震えていた。

荒ぶる岩石の隣には、センターの事務員・安壁《やすかべ》長吉《ちようきち》がちょこんと座り、ひとさし指で白髪《しらが》頭を掻《か》いていた。山羊《やぎ》を思わせる面長《おもなが》の顔に、あからさまな当惑の色が浮かんでいる。定年まで役場を勤めあげた〈卯巳の生き字引〉と称される安壁ですら、目の前の状況には戸惑いを隠せずにいるようだ。そのせいか、須貝とは対照的な細い身体《からだ》がいつも以上に小さく見える。

まあ──憤怒《ふんぬ》も困惑も当然の反応だろう。なにせ、来訪者に「中止した夏祭りを開催しろ」と、いきなり要請されたのだから。応接用ソファの脇に立ち尽くしたまま、玲奈は須貝たちの対面に座る客人へ視線を移す。身じろぎもせず向きあっているのは「東京から訪れた役人」を自称するふたり組だった。

上司とおぼしき女性は九重十一《ここのえとい》と名乗っていた。妙な名前もさることながら、なにより異様ないでたちが目を引く。さらりと流したストレートの黒髪と濃いめのサングラス。漆黒《しつこく》のワンピースに涅色《くりいろ》のパンプス。不織布のマスクから、日除《ひよ》け対策とおぼしき長手袋にいたるまで身に着けているものすべてが黒い。まるで喪服だ。どれほど好意的に解釈しても〈お役人〉の恰好《かつこう》ではない。

役人らしからぬ風貌《ふうぼう》という点では、九重の隣に座る部下の青年──こちらは八多《やた》岬《みさき》と言っただろうか——も負けていない。臙脂《えんじ》色のジャケット、羽のように巨大な襟《えり》のシャツ。手首には数珠《じゅず》めいたブレスレットがいくつも巻かれており、短い銀髪はワックスで無造作に立てられている。マスク越しでもわかる不遜《ふそん》な笑顔と、やけに細長い手足も相まって、テレビで目にした歌舞伎町《かぶきちょう》のホストを思いだす。

怪しさ満点のコンビ——ありていに考えて、詐欺《さぎ》か宗教の勧誘ではないのか。あるいはバラエティーのドッキリとか。想像を巡らせつつ、玲奈は麦茶を配りながら、テーブルに置かれた名刺を盗み見る。

祭祀保安協会《さいしほあんきようかい》——九重なる女は「祭祀儀礼の保護管理を目的とする文化庁の外郭団体だ」と説明していた。「公《おおやけ》に存在を明かしていない」との科白《せりふ》も聞こえたが、そんなドラマか漫画じみた組織の存在など、にわかには信じがたい。よしんば本当に存在するとして、その〈秘密組織〉が鄙《ひな》びた町を訪れる理由はなんなのか。

ひとつも疑念が晴れぬまま机へ戻り、玲奈は好奇心のままに耳をそばだてる。

「要するに……」マスクをずらし、麦茶をひとくち飲んでから安壁が口を開く。

「ウチの法人が実行委員を務める卯巳祭りを開催しないと、神様が怒って悪さをする……そう仰《おつしや》るんですか」

「そのとおりです」

「馬鹿馬鹿しい！」

九重の簡潔な返事を、須貝が鼻で笑う。

「わざわざ東京くんだりから来たというんで、なんの話かと思いきや……祭りをやれだって？　卯巳町がどれほど感染対策に神経を尖《とが》らせてるか、わかってんのか！」

咆哮《ほうこう》にも九重が怯《ひる》む様子はない。八多はあいかわらず薄ら笑いを浮かべている。

「例年どおりの大規模な開催は求めていません。神事をつつがなく執《と》りおこなっていただければ、それで結構です」

「なにが結構だ。もし感染者が出たら、おたくらが責任を取ってくれるんだろうな」

「感染対策は私どもの管轄ではありません」

「ふざけるな！」

須貝がテーブルを殴《なぐ》りつける。

「人口およそ三百人、平均年齢は六十五歳。おまけに、医療施設は診療所がひとつきり。こんな小さな町で感染が広がったらどうなるか、すこし考えればわかるだろう！」

「まあまあ、須貝さんも落ちついてください」

険悪な場を取りなそうと、安壁がおだやかに口を挟む。

「とはいえ九重さん、事務局長の仰るとおりです。卯巳町は日本海に面したちいさな町……むしろ寒村と呼んでも差し支えない地域なのです。高齢者も多いため、感染対策にはひときわ気を遣《つか》っています。おかげで発症者は……ひとりしか出ていません」

どきりとする言葉――玲奈は思わず目を伏せた。話題を遮《さえぎ》るかのように須貝が大きな溜《た》め息《いき》を吐《つ》く。一拍の沈黙を経て、再び〈生き字引〉が口を開いた。

「そもそも、なぜ開催を要望されるのですか。たしかに卯巳祭りはお盆の恒例行事ですが、浜焼きの屋台や町民カラオケ大会をおこなうだけの、いたって内輪の催しです。余所の商業的なイベントと違い、中止したところで問題はないと思いますが」

そのとおり、自分もそれが気になっていたのだ――安壁の的確な質問に内心で喝采《かっさい》を送りながら、玲奈は再び耳を澄ませた。

「なるほど、こちらの説明が足りませんでした。では、順を追ってお話ししましょう」

そう言うなり、九重は膝《ひざ》に載せている鞄《かばん》からクリアファイルを取りだした。透明のファイルにはA４サイズの紙が一枚挟まれている。手渡された安壁が眼鏡《めがね》をずりあげ、おずおずと紙を音読しはじめた。

「真夏の怪奇、卯巳町で魚の大量死……異常気象の影響か、未確認生物のしわざか……。これは、スポーツ新聞の記事をコピーしたものですか」

「ええ。この記事の内容に心あたりは」

「たしかに二週間ほど前、卯巳浜でひどく損壊された魚の死骸が発見されています。その数およそ三百匹、おかげで処理には三日も要したと役場の後輩が……」

「その変なニュース、俺が最初にネットで見つけたんスよ！」

安壁が言い終わらぬうち、八多が得意げにピースサインを突きだした。どうやら、容姿そのままの軽薄な性格らしい。

「課長からも〝こんな囲み記事に注目するとは新人と思えないセンスだ〟って褒《ほ》められちゃいました。ちょっとスゴくないですか、俺」

「は、はあ……」

意味不明な自慢に狼狽《ろうばい》する安壁を眺めつつ、玲奈は半月前の大量死騒動を回想する。

〈魚群〉の第一発見者は、迎田家の当主・進造だったはずだ。騒ぎを聞きつけた地元テレビ局が取材に訪れ、ローカルニュースで一分ほど扱われたものの、さほど大きな騒ぎにはいたっていない。被害といえば、漁協に勤める同級生が「SNSに載せようと余所者が撮影に来て困る」と愚痴をこぼしていた程度で、それとて三日も経たず収束した憶《おぼ》えがある。

つまり、不明な点は多々あるものの、とうに終わった出来事――なのだが、それと祭りがどのように関係しているというのか。

「魚がたくさん死んだから祭りをやれってのか？　どういう理屈だよ」

須貝が乱暴に団扇《うちわ》を動かしながら、玲奈とおなじ疑問をぶつける。

「かわいそうなお魚さんを供養しろとでもいうのか」

「いいえ、供養は求めていません。重要なのはアザハギです」

「あざはぎ？」

数秒ほど団扇を止めてから、須貝が「ああ」と声を漏《も》らした。

「思いだしたぞ。卯巳祭りの夜に船を流すとかいう行事だな」

アザハギ――むろん玲奈も知っている。

日が暮れた浜へ数名で赴《おもむ》き、人間ほどもある藁《わら》人形を手漕《てこ》ぎ式のちいさな船に乗せて海へ流す。通常であれば船は沖へ漂流してしまうが、お盆の時期は潮の流れが変わるため、翌朝になると浜へ戻ってくる――ただ、それだけの催し。神事とも祭事とも呼べぬほどに簡素な、まさしく須貝が口にしたとおり単なる〈行事〉にすぎない。

玲奈自身は「精霊《しょうりょう》流しの一種なのだろう」と解釈していた。現に、亡くなった祖父からは「大切なお盆の慣《なら》わしだ」と聞かされていた。それ以上の詳細は知らず、由来や背景に疑問を持ったこともない。ずっとおこなわれているから、今年もやる――ほかの町民とて同程度の感覚なのではないか。伝統や伝承とは〈そんなもの〉ではないのか。それとも、自分の認識がずれているのだろうか。

考えを巡らせる玲奈をよそに、安壁は記事のコピーをしげしげと眺めている。

「すなわち、魚の大量死はアザハギが原因だと仰るのですか」

安壁の問いに、漆黒の役人がかぶりを振った。

「現時点では、まだなんとも言えません。アザハギについては、祭保協のデータベースに不自然な綻《ほころ》びがありまして」

「そうそう、変なんスよ」

聞き役に飽《あ》いたのか、八多が会話に無理やり参加してくる。どうにも口調が軽い。

「ウチって古文書や郷土史の類《たぐい》はもちろん、ミニコミ紙やインターネットの書きこみに至るまで、神事に関する情報は残さず拾うんス。けれどもアザハギだけは、ほとんど検索に引っかからないんスよ。課長も〝変だねえ〟って……」

「当然だろ」

ホストまがいの雄弁を、ラガーマンあがりが一蹴《いっしゅう》した。

「こんな寂れた港町の祭りなんざ、誰も気に留めないってことだ。そういう見捨てられた地域だからこそ、私は活き活きセンターを設立して……」

「残念ながらご高説を拝聴している余裕はありません」

黒衣の女が、ひときわ鋭い声で須貝の語りを斬り捨てる。

「例年であれば、アザハギは今夜が開催予定日です。ところが今年は中止になってしまった。このままでは……惨事が起きかねない」

声音《こわね》に相応《ふさわ》しい物騒な科白――須貝の顔に怒りの色が浮かぶ。

「おい、その発言は脅迫《きょうはく》か」

「警告です。細《ささ》やかであろうが慎《つつ》ましやかであろうが、神事というものは意味があるからこそ執りおこなわれ、目的があるからこそ続いているのです。それを人間の都合で勝手に止《や》めれば……かならず均衡《きんこう》が崩れます」

「いや、そう言われましてもねえ、こちらの一存ではなんとも……」

頭をひと掻きし、安壁が押し黙る。言葉の続きを焦《じ》らすように蟬が再び鳴きだした。

「とにかく、こちらとしては承伏しかねる！」

痺《しび》れを切らした須貝がソファから立ちあがる。

「いまは感染対策が最優先、これ以上卯巳から陽性者を出すわけにはいかない！　では、そろそろ私は失礼させてもらう。このあと役場で会議が入っているのでね」

そう早口で告げると、須貝は床を踏み鳴らしながら大股《おおまた》で事務所を去っていった。

ドアが乱暴に閉まるなり、八多が「変なオッさんスね」と呟《つぶや》く。

「八多くん、口を慎みなさい」

九重が窘《たしな》めたものの、銀髪の青年は不満げに口を尖らせている。

「え、だって変じゃないスか。あの人、この町で暮らしてんのにアザハギを全然知らない様子でしたよ。それって変でしょ」

「事務局長は、ここの生まれではないので」

安壁が弁解とも追従《ついしょう》ともつかぬ科白をこぼす。

「長らく東京にお住まいだったんですが、お祖父《じい》さまが町長を務めていた縁で、二年前に卯巳へ移住し、当法人を設立したんです。いまは〝祖父の故郷を活性化させるんだ〟と、ほうぼうの集まりで顔を売っている最中でして」

「ふうん……だから会議に行っちゃったのか、地域のリーダーは忙しいっスね。あんま人望なさそうだけど」

なんとも無遠慮な物言い。けれども安壁は否定せず「ええ」と深く息を吐いた。

「若い世代が奮闘してくれるのはありがたいのですが……都会流のやり方に難色を示す町民も少なくありません。なかには〝来年の町長選出馬を見越しているんだろう〟なんて、根も葉もない噂《うわさ》もある始末で」

違う。須貝はそんな人じゃ——頭に浮かぶ反論を、玲奈は声に出せなかった。

まただ。昔から自分はそうなのだ。考えはすれども上手《うま》く言葉にできない。あれやこれや逡巡《しゅんじゅん》したあげく、いつも最初の一歩を踏みだせない。だからどこにも行けない。外の世界に繋《つな》がる扉を押せない。けれど、今回もそれで良いのか。「仕方がない」となにも言わぬままで本当に後悔しないのか——。

玲奈のなかで結論が出るより早く、喪服の〈弔問客〉が起立した。

「では、これより我々は調査に入ります。処分が必要だと判断した場合は、迅速にしかるべき措置《そち》を取らせていただきますので……その際には、どうかご協力のほどを」

射貫《いぬ》くような目が、安壁からこちらへと移る。反射的にお辞儀をしつつ、玲奈は胸の奥から不安が湧きだすのを感じていた。

しかるべき措置とはなんだ。処分とはなんだ。もしや、須貝はなにかしらのお咎《とが》めを受けるのだろうか。協力——まさか、自分たちの手で須貝を断罪させる気なのか。

たしかに安壁の言葉どおり、須貝が地域に馴染《なじ》んでいるとは言い難《がた》い。けれども、その多くは誤解にもとづいている。雄弁なのに不器用な彼と、寡黙《かもく》なのに猜疑《さいぎ》的な町民がすれ違っているだけだ。真意を説けば、かならずや寄り添えるはずだ。しかし、このままでは機会も得られず須貝は処分されてしまう。

それは——耐えられない。

「久慈さん、悪いけど麦茶をもう一杯もらえるかな」

安壁の懇願で現実に引き戻される。

視線を巡らせると、九重たちの背中が玄関口に見えた。

行かせては駄目だ。引き留められるのは——自分しかいない。

「……すいません、ちょっと出てきますッ」

「え、ちょっと。どこに行くの」

狼狽《うろた》える安壁を置き去りに、玲奈は夏の熱気を掻きわけて走った。

3

「あの……あの、すいませんッ」

駐車場でようやく怪しいコンビに追いつき、息もたえだえに声をかける。振りむくなり、八多が「あれ、麦茶のお姉さんじゃん」と微笑《ほほえ》んだ。いっぽうの九重に変化はない。止まり木で羽を休める鳥よろしく、じっと玲奈を見つめている。

「……私、久慈玲奈と言います。いきなりで驚くかもしれませんが……事務局長を処分しないでくれませんか」

「事務局長を処分？」

予想外の言葉だったのか、〈黒鳥〉のまなざしがほんのすこし揺らぐ。その隙《すき》をのがさず、玲奈は一気にまくし立てた。

「事務局長の不躾《ぶしつけ》な態度、さぞかし気に障《さわ》ったと思います。その点は彼に代わってお詫《わ》びします。でも、信じてください。誤解なんです。彼は感染が広がるのを本気で心配しているだけなんです。いろいろあったので、なんとか町を守ろうと神経質になっているだけなんです」

「いろいろあった……とは、どういうことかしら」

「あ、それは、その」

今度はこちらが口ごもる番だった。不意を衝《つ》かれて頭が真っ白になる。

と――しどろもどろの玲奈を眺めていた九重が、「安心して」と静かに告げた。

「須貝さんを処分するつもりはないわ……いまのところは。もし良ければあなたの誤解を解くため、調査に協力をお願いできるかしら」

「え、私に手伝えることなんてありますか」

躊躇《ためら》う玲奈に向かって、八多が親指を突き立てる。

「ありあり、大ありっス。まずは俺ら、この記事に載ってる魚の大量死を発見した人物に話を聞きたいんスよね」

「ああ、進造さんならお宅を知っています」

「お、やるじゃん。さすがは久慈ちゃん」

「く、久慈ちゃん？」

唐突に「ちゃん」付けで呼ばれ唖然《あぜん》とする玲奈を意に介さず、八多は言葉を続けた。

「じゃあ、道案内とか頼んじゃっても良いスか」

「は、はあ……わかりました」

「よっしゃ、そうと決まれば話は早いっス。さっそく俺らの車に同乗してください」

「残念だけど、それは無理みたい」

九重が軽口を遮った。その目は、数メートル先に停《と》めた車に注がれている。

レンタカーとおぼしき品川ナンバーの車、その車体が大きく傾《かし》いでいた。前輪のタイヤに横一文字の傷が刻まれ、ゴムが大きく裂けている。素人《しろうと》の玲奈ですら、単なるパンクでないことは容易に理解できた。

まさか、これは須貝が。いや、でも彼にかぎって、そんな——。

「うわ、なにコレ。ひっでえコトしやがる」

屈《かが》みこんだ八多がタイヤに顔を近づけ、眉を顰《ひそ》めている。

「やれやれ、歩くしかなさそうね。進造さんの家は遠いのかしら」

「いえ、徒歩で二十分くらいです」

「その程度なら問題ないわ。急ぎましょう」

九重はしばらく車内を確認していたが、なぜか満足げな顔でドアを閉めた。

「マジっスか。暑いですって、ヤバいですって。先輩、タクシー呼びましょうよ」

八多の懇願を無視して歩きだす九重の背を、玲奈は慌《あわ》てて追いかける。

焦《こ》げつきそうなほどの陽射《ひざ》しにもかかわらず、なぜだか身体の芯が寒かった。

陽炎《かげろう》ゆらめく港沿いの道を先導しつつ、玲奈は考えつづけていた。

知りたいことは山ほどあるが、いったいなにから訊《き》けば良いものか。おりからの暑さも

手伝い、まるで考えがまとまらない。死んだ魚の群れが脳裏に浮かぶ。アザハギの光景が
よみがえる。闇に轟《とどろ》く潮騒、塩辛い海風。沖へ遠ざかる小船の上で、不恰好な藁人形が
揺れている。
そういえば、なぜ人形を乗せるんだろう。そもそも——アザハギとはなんなのだろう。
「ねえ久慈ちゃん、ナマハゲって知ってる?」
八多の馴《な》れ馴れしい呼びかけで、思考が遮断される。どうにも落ちつきのない青年だ。
「ナマハゲって……秋田の鬼ですよね。ニュースで見たことがあります」
「ところがアレ、鬼じゃなくて神様なんスよ」
「そ、そうなんですか」
会話の真意が読み解けず、返事に窮《きゅう》してしまう。玲奈の混乱を察したのか、九重が
「ナマハゲだけじゃないわよ」と話を引き継いだ。
「山形のアマハゲや福井のアッポッシャ、石川のアマメハギ……日本海沿岸には、ナマハ
ゲと類似した名称を持った神事が数多く伝わっている。彼らは海の向こうからやってきて
福をもたらす存在……いわゆる〈来訪神〉なの」
「……じゃあ、アザハギもナマハゲの仲間なんですか。たしかに、卯巳も日本海沿いだし、
名前も似ていますけど」
「ナマハゲやアマメハギは〈火斑剝ぎ《あまみはぎ》〉が転訛《てんか》した名前だ、との説があるわ。火斑という

のは一種の火ぶくれ。囲炉裏《いろり》の火に当たってばかりいると足にできるんですって。農閑期に縄綯《なわな》いなどの仕事をおこなわない者への戒めなんでしょう。太平洋側の岩手にもスネカという来訪神がいて、こちらは脛皮《すねかわ》が転じたと……」

「でも、アザハギって変っスよね」

専門的な語句の洪水に戸惑う玲奈を押しのけ、八多が会話へ割りこんでくる。どうやら彼にとって、世のなかは変なことだらけらしい。

「ナマハゲと名前が似てんのに、中身はまるで違うんスから」

「はあ、違うん……ですか」

知らない。なにせ、ナマハゲが鬼ではないという説も、いま聞いたばかりなのだ。

「だって、アザハギはでっかい人形を船で流すんでしょ。来訪神っていうより海から漂着したモノを祀《まつ》る〈寄り神〉っぽいじゃないスか」

そう言われても、違いがいまいちわからない。仮にナマハゲとアザハギに相違があったとして、それがなんだというのか。

いつのまにか先頭を歩いていた九重が「そう、そこが重要なのよ」と言った。

「ナマハゲの語源が火斑剝ぎだという説は、農閑期の怠惰《たいだ》を戒める文化……端的に言えば、農村があってこそ成り立つの。いっぽう、寄り神信仰は農村の成立よりはるかに古い時期の記録が残っている。さっきの仮説では名前の由来が説明しきれない」

すなわち——九重のひとことに呼応し、風が吹く。

巨《おお》きな烏《からす》が羽ばたくように、黒衣の裾《すそ》がふわりと膨《ふく》らんだ。

「日本海に伝わる来訪神の始祖こそ、アザハギではないのかしら。はるか昔に卯巳ではじまった神事が海沿いの集落へ伝播《でんぱ》し、農村の発展にしたがって名前の由来を変化させた……そう考えれば辻褄《つじつま》が合うでしょ。つまり、アザハギはもっとも原初的な海神《わだつみ》の可能性が高い……私はそう考えているの」

原初的な海神——その道の研究者であれば小躍りする新説なのかもしれない。けれども正直なところ、玲奈はなんの感慨もおぼえなかった。アザハギの正体と今回の件にどんな繋がりがあるのか。祭りを怠れば、町はどうなってしまうのか。

本当に知りたいのは、そこなのだ。

「あの、結局なにが起こって……」

言いかけの科白と、歩みを進めていた足が、おなじタイミングで止まる。

核心を問う前に到着してしまった。道の先に立つ、赤いトタン屋根の古びた平屋。

彼らの目的地——迎田家。進造が暮らす家。

「……ここです」

問答の続きを諦め、玲奈は眼前の住宅を指した。九重と八多が顔を見あわせ、玄関へと向かう。玲奈はそっと道の脇に身を避《よ》け、ふたりを見送ろうとした。

九重が「どうしたの」と足を止める。

「私……待っています」

「なぜ」

答えなかった。答えたくなかった。

理由をすなおに告白すれば、彼らが抱いている疑問は氷解するかもしれない。それでも言う気にはならなかった。だって——受け入れてくれるとは限らないから。正直に生きるより、寡黙に殻《から》をかぶったほうが生きやすいこともある。それが卯巳のような町での処世術だと私は知っている。そう、自分はまぎれもない卯巳の子なのだ。

九重は沈黙する玲奈をしばらく眺めていたが、

「じゃあ、八多くんもここで待機していて」

「え、マジすか。俺って暑いの弱いんスけど。五分くらいで焼け死ぬと思うんスけど」

「あら、火葬の手間が省けていいじゃない」

部下の訴えを一刀両断し、黒い上司が道の奥へと姿を消す。まもなく、玄関の引き戸を閉じる音がちいさく聞こえた。

4

「八多さん……私のこと〝変な女だ〟と思ってますよね」

午後の陽光に炙《あぶ》られながら、玲奈は木陰に屈みこむ八多へ告げた。猛暑の道連れにしてしまったことを、遠まわしに詫びたつもりだった。

「……ううん、意味不明っスね」

「だって八多さん、なにかにつけて〝それ、変ですよ〟って言うじゃないですか。だから私なんかは、よほど変な人間に見えるだろうな……と思って」

汗だくのホストは数秒ほど玲奈を見つめていたが、やがておもむろに足元の枝を拾い、地面に〈変〉という漢字を書き殴った。

「課長に教えてもらったんスけど、〈変〉って面白い文字なんスよ。この字の上半分は神棚に供える器と糸飾り、下半分は棒で叩《たた》き壊すときの擬音《ぎおん》を形にしたものらしいんス。だから〈変〉って、人じゃないモノの意思を壊すって意味があるんスよ」

「人じゃ、ないモノ……」

「俺、人間はけっこうタフだなと思ってて。ほら、いまって疫病で大変じゃないスか。最悪の場合、絶滅したっておかしくないでしょ。それでも知恵とか科学とか道徳とか、いろんなものを総動員して生き延びよう、乗り越えようとしてるじゃないスか。それって自然の側から見れば、すっげえ変だと思うんスよ。摂理に従わないで、人類マジ意味不明なんスよ。でも、それが人間らしさじゃねえのかなとか思うんス。変だからこそ、人間は人間なんじゃないか……そういう感じなんス。まあ、だから」

久慈ちゃん、変っスよ。

八多が得意げな表情で親指を突きたてる。

励まされた——のだろうか。わからないが、そんな気がする。肯定も否定もされていないけれど、気持ちがすこし軽くなったように感じる。

「ありがとう……ございます」

頭を下げた直後、引き戸の音が耳に届いた。

黒衣の主がこちらへ戻ってくる。この暑さなのに汗ひとつ掻いていない。

「事情聴取終了。予想以上の収穫があったわ」

「お、じゃあアザハギの正体も判明っスか」

八多が木の枝を放りなげて立ちあがる。

「それはあと一歩ってところかな。念のため、神事を執りおこなう場所も確認しておきたいわね。ということで久慈さん、悪いけど引き続きガイドをお願いできるかしら」

「あ、はい。じゃあ海岸に向かいましょう」

踵《きびす》をかえし、来た道を戻りかけた玲奈の目に——逃げる人影がちらりと映った。

路地の向こうに誰かが立っている。三人が動くのを見て、姿を隠した人物がいる。タイヤを切り裂いた犯人だろうか。須貝ではない——はずだけど。そう信じたいけれど。でも。

「どうかした？」

訝《いぶか》しげに訊《たず》ねる九重へ、玲奈は「いえ、別に」と首を振った。

「……いやあ、こいつは絶景っスねえ」

断崖を仰ぎ見ながら、八多が思いきり叫ぶ。潮騒が喧《やかま》しく、大声でないと聞こえないのだ。

「本当に素敵ね。これほど美しい眺めなら、もっと観光客を集められるのに」

部下の絶叫に九重が大声で同意する。どうやら、岩場だらけの海岸を褒めているのは本心らしい。それが玲奈にとっては意外だった。幼いころから見慣れた景色——むしろ、この場所以外の海は見たことがない。だから、良いも悪いも感じたことなどない。

それを——美しいだなんて。もしかすると、価値とはそういうものか。内にいるとわからないものも、外からはわかるのだろうか。

いつも目にしている海が、今日はなんだか澄んで見える。内心の静かな興奮がなんだか恥ずかしくて、玲奈はことさらに平静をよそおって岩場を進んだ。

「この先がアザハギの現場になります。浜から、ちいさな船を沖へ……」

から、から——ふと異音に気づき、とっさに説明を止める。音の出処《でどこ》を探って崖の上を見るなり「あ」と短い悲鳴が漏れた。

いくつもの石が砂埃《すなぼこり》を巻きあげながら急斜面を転がり、こちらへ迫ってくる。拳《こぶし》大のものから大人の頭ほどもあるものまで数えきれない。あんなものが当たったら怪我《けが》——否、死んでもおかしくない。あれだけの石をすべて避けるのは不可能だ。

どうすれば、どうすれば。

身体が強張《こわば》る。膝が竦《すく》む。

駄目だ。逃げられない。恐怖のあまり目を瞑《つむ》った瞬間、巨大な影が覆い被《かぶ》さってきた。


「……はじめに言っておく。落石は私のしわざじゃない」

顔の砂と泥をはらいながら、須貝が力強く断言した。額には血がうっすら滲《にじ》み、シャツはあちこちが破けている。

数分前——落石の群れから、須貝は言葉どおり身を挺《てい》して三人を救った。おかげで九重は無傷、八多と玲奈も軽い擦《す》り傷のみで済んでいる。砂利《じゃり》が磯に降り注ぐなかを浜辺まで避難し、ようやく落ちついたところで須貝が口を開いたのである。

「たしかに私は〝祭りどころじゃない〟と言った。だからといって命まで奪うわけがないだろう」

「でも……変なんスよね」

疑いの目で八多が須貝を睨《にら》む。

「オッちゃん、あまりに救出のタイミングが良すぎじゃないスか」

「いや、それは……」

「ほら、やっぱり犯人だ。どうせタイヤを切ったのもオッちゃんでしょ」

「ち、違う！」

「だったら、犯人じゃないって証拠を……」

「ハズレよ、名探偵の八多くん」

摑《つか》みかからんばかりの八多を手で制し、九重が呟いた。

「須貝さんは、ずっと私たちを尾行していたの。そうですよね」

唇を固く結んだまま、無言で須貝が頷《うなず》く。

ようやく玲奈は悟った。進造の家を去るとき目にした人影は彼だったのだ。

「けど、まだタイヤの疑惑が……」

なおも食い下がる部下に、九重が鞄から小ぶりの機械を取りだして見せた。

「念のため、ドライブレコーダー代わりに小型カメラを設置しておいたの。残念ながら犯人の顔は死角になっていたけど、ナイフを持った腕だけは映りこんでいたわ。須貝さんとは似ても似つかない細い腕がね。さあ、これで充分でしょ」

九重の言葉に、八多がしぶしぶ頭を下げる。

「……疑って申しわけなかったっス。でも、だったらなんで俺らを尾《つ》けたんスか」

「それは……答えられない」

「ツんだよ、この町の人は！　みんなノーコメントばっかりじゃないスか」

不満げな臙脂色の青年に構わず、漆黒の麗女が言葉を続ける。

「八多くんには悪いけど尾行の理由を追及している暇はないの。いま確実なのは、誰かがアザハギの実行を妨害していること。それほどまでにアザハギは重要な神事であること。そして……我々に残された時間は少ないこと」

九重が玲奈と須貝を交互に見つめる。

「おふたりも協力をお願いします。私たちは、久慈さんとアザハギに使用する手漕ぎ船を調達してくるので、須貝さんは藁人形を見つけてもらえますか。祭保協の資料が正しければ、人形は町役場で保管しているはずです。発見次第こちらで合流しましょう」

「わかった。だが、町役場がすんなり貸してくれるだろうか。船を流すだけでは駄目かな。それなら特に許可も……」

躊躇《ちゆうちよ》する須貝に、九重が「神事に求められるのは正しい手順です」と答えた。

「人間の都合でみだりに変えたものは、神まで届かない。崇《あが》められなかったモノは神でなくなる。私たちはそれを阻止したいのです。たぶん藁人形は生贄《いけにえ》の代替なのでしょう。はるか昔は本物の人間を乗せていたのかもしれない。空の船は、中身が入っていない供物《くもつ》の箱と同義。怒りを買います。逆効果になります」

「……わかった。急いで探すとしよう」

半信半疑ながらも同意する須貝を残し、玲奈たちは再び町内へと向かった。

西陽のなかを走りながら、ふと沖に目を遣《や》る。

あれほど澄んでいたはずの海が、いまはなんだか不吉なものに見えた。

5

「どこにもないじゃないか、ちくしょうッ」

懐中電灯を握りしめたまま、須貝は暗がりで吠《ほ》えた。九重たちと別れてから急いでシャツを着替え、役場裏手の倉庫にこっそり忍びこんだのが二時間ほど前。なぜ藁人形を借りたいのか説明していたのでは埒《らち》が明かない——そう判断して侵入を選択したものの、それらしきものは見あたらなかった。もしや九重たちの情報が間違っていたのではないか。資料が本当に正しいか、彼らに連絡するべきかもしれない。

顔の汗を袖で拭い、ズボンのポケットから携帯電話を取りだす。と、それを待っていたかのように着信音が鳴った。液晶画面には《安壁》と表示されている。

そうだ、〈生き字引〉の彼なら藁人形の所在を知っている可能性がある。僥倖《ぎょうこう》に感謝しつつ通話ボタンを押すなり「大変です!」と安壁が絶叫した。

「事務局長、東京から来た女性が……」

「九重さんなら、さっきまで一緒にいたぞ」

「実はいま、こちらに連絡があって……〝アザハギには贄が必要だが、もはや時間がない、自分が身代わりになる〟と言うんです」

「ばっ……馬鹿な」

「私も止めたんですが、電話を切られて」

「冗談じゃないぞ……」

冷たい汗が背中を伝う。アザハギがどんな神事かは知らないが、そんなもののせいで誰かが犠牲になるのはごめんだ。

「安壁さん、私はこれから浜に向かう。あなたは藁人形を捜索してもらえないか」

「藁人形って……まさか、アザハギをおこなうつもりですか」

「理由はあとで話す。見つけたら浜に持ってきてくれ」

返事を待たずに、須貝は倉庫を飛びだした。

「……九重さぁん、九重さぁん！」

夜の帷《とばり》が下りた浜を走り、叫び続ける。けれども声は岩礁に打ちつける波の轟きに溶けていくばかりで、誰からも返事はなかった。

おのれの愚かさに涙が滲む。やはり自分のような余所者がここに来るべきではなかった。おかげでまた不幸な人間を――。

と、うるんだ視界の隅、波打ち際の砂地に一艘の手漕ぎ船が見えた。

慌てて駆けより、船底を確認する。濡《ぬ》れていない――ということは、この船はまだ沖へは出ていないのか。

ならば、彼女はどこに。焦燥《しょうそう》感に駆られながら、須貝はあたりを見まわした。

「……あれは」

隆起する波のあいだに人影がたゆたっている。暗くて顔はわからないが、状況から考えられる人物はひとりしかいない。船の櫂《かい》を探す余裕はなかった。

ラグビーのスクラムよろしく船尾を押して離岸させ、手で波を掻いて、沖へ向かう。

あと十五メートル、あと十メートル。飛沫《しぶき》と汗でぐしょ濡れになりながら、人影へ接近していく。と、手を伸ばせば届く距離まで迫った刹那《せつな》、須貝の手が止まった。

「……どういうことだ」

浮かんでいたのは、巨大な藁人形だった。

これが——例の人形か。だが、なぜここに。

携帯電話がポケットで鳴り響く。画面に目を落とすと、電話の主は安壁だった。さては彼が藁人形を発見し、海に流したのだろうか。

その可能性に一縷《いちる》の望みを託し、祈りながら通話ボタンを押す。

「事務局長、いまどちらですか！」

「船だ。人形を流してくれたのか？」

安壁は答えない。無音が数秒続いたのち、ふいに笑い声が耳に届いた。

普段の口調が嘘のように低く、昏《くら》く、捩《よじ》れた声だった。

「本当に乗ってくれるとはな。これほどすんなり騙《だま》されるとは思わなかった」

「……どういう意味だ」

「まだわからないのか。すべて私が仕組んだことなんだよ。いや、今夜はなんとも気分が良い。特別サービスだ、話し相手をしてやろう」

須貝はなにも言わなかった。言えなかった。まったく理解が追いつかなかった。よほど嬉《うれ》しいのか、安壁は一方的に喋《しゃべ》っている。

「実を言うと、アザハギの神事は過去にも台風の直撃や少子高齢化などで、何度か中止されていてね。ところが祭りを止めた年は、かならず住民票や基本台帳に虫食いができるのさ。まるで……存在したはずの誰かが消失したように」

データベースに不自然な綻びがある――九重から聞いた話が頭に浮かぶ。

「気になって古文書や史料を調べるなか、私はある人物から真実を教えられた。神事を怠るとアザハギは不運な犠牲者のすべてを喰《く》らいつくす……とね。身体はもちろん名前や記録まで、まさしく存在のすべてを。そう、字《あざな》を剝ぎとるからアザハギなんだよ」

「馬鹿馬鹿しい、荒唐無稽《こうとうむけい》にもほどがある」

ようやくひとこと絞りだす。精いっぱいの挑発だったが、安壁が乗ってくる気配はない。

「いつ試そうか悩んでいるうち、今年の祭りが中止になった。またとない機会に震えたよ。事前に手なずけようと魚をばら蒔いてみたが、やはり固有名詞があるモノ以外はお気に召さなかったようだ」

「おい、待て。魚の大量死もお前の犯行か。すると……今日の落石も」

「当然だ。ここまできて邪魔されるわけにはいかないからな。タイヤを切られりゃ連中も身動きが取れなくなるだろうと踏んでいたが、懲《こ》りずに小娘とウロチョロしやがって。おかげで要《い》らない手間がかかっちまった」

「……なぜ、こんなフザけた真似をする」

「名馬が手に入れば乗りたくなる。猛犬を飼ったら躾《しつ》けたくなる。人間の本能だろう。私は〈腐れ神〉を操りたかった。気にいらん存在を消し去り、自分の思うままに世界を作り替える。その機会を得て、実行しない馬鹿がいるかね」

絶句する須貝をよそに、安壁が「さて、そろそろ夕飯の時間だ」と告げた。

「呑気《のんき》に飯なんか食ってる場合か。陸《おか》に戻り次第、警察に洗いざらい告発してやる」

「私の飯じゃない。食べるのはアザハギ、食べられるのは、あんただよ。アザハギ神事は、船が浜に戻ってくることに意味がある。海の向こうは神の国、そこから流れ着いたモノは神の所有物だ。わかるかね、漂着物はすべて神たるアザハギの贄なんだ。いつもは藁人形で誤魔化《ごまか》していたが、今年は私が〈餌付《えづ》け〉をする。手綱《たづな》をつければ、あとは思うがままだ」

「……お前は正気じゃない。妄想に取り憑《つ》かれている」

「私の言葉が妄想かどうか、自分の目で確認するんだな」

電話がぷつりと切れる。船は、いつのまにか陸地へと近づいていた。

そうだ、お盆の時期は潮の流れが変わる。だからアザハギはこの時期に執りおこなわれるのか。

ともかく、急いで警察に──。

「え」

浜に注がれていた目が異様なものを捉え、思考が止まる。

ブルドーザー大の〈肌色〉が、砂上をのたうっていた。

なにかと目を凝《こ》らすなり、須貝の口から「うあ」と無意識に声が漏れた。

それは、巨大な赤児《あかご》だった。

風船よろしく膨らんだ頭部と、異様に細い頸《くび》。長さがばらばらの手足に、左右で大きさの異なる眼球。すべてのバランスがおかしい。なにもかもが歪《ゆが》んでいる。

あれが、あれがアザハギ。

をえぇ、をえぇ——遠吠えを思わせる声で泣きながら、いびつな赤児は浜を這《は》いずっていた。

直感する。アザハギが探しているのはこの船だ。捕まったら、終わりだ。

必死に手で波を掻き、沖へ戻ろうと試みる。けれども健闘むなしく、船はどんどん浜に近づいていった。船底が砂に刺さる感触に続いて揺れが止まる。次の瞬間、襖《ふすま》のような手がこちらに迫ってきた。転がるように外へ飛びだすや、派手な音を立てて船が宙を舞い、天地を逆にして地面へと激突した。

走りたくとも腰が抜けている。アザハギがこちらに気づき、眼球をびくんびくんと震わせて須貝を睨んだ。

手遅れだ——思わず身を竦めたと同時に、黒い影がふたつ、旋風《せんぷう》のように舞った。

6

「……九重さん……八多……」

須貝の前にふたりが屹立《きつりつ》し、巨大な赤児と対峙《たいじ》していた。

黒の女王は闇色のコートを羽織っている。八多はジャケットを脱ぎ捨て、シャツ姿になっていた。布地に印刷された梵字《ぼんじ》のような紋様《もんよう》が、ぼんやりと鈍《にぶ》く光っている。

「ひでえなオッちゃん、俺だけ呼び捨てかよ」

八多が苦笑し、アザハギへ向きなおった。

「思ったよりデカいっスね。健康優良児だ」

「えびす神の一種みたいだけど、ここまで巨大なのは珍しいわね」

「おい、えびすって七福神の恵比寿《えびす》さまか。でも、あれはめでたい神様だろ。こんな姿じゃないだろ」

ふたりの背に縋《すが》りながら問う。無駄話でもしていなければ、頭がおかしくなってしまいそうだった。喚《わめ》く須貝をちらりと一瞥《いちべつ》し、九重が再びアザハギを睨む。

「えびすは漢字で夷《えびす》……異郷人が語源だとされています。つまりは、来訪神や寄り神のルーツなんです。鯛や釣竿《つりざお》を持った姿で描かれるのは、その名残《なごり》でしょう」

「あ！　俺、ピンときちゃいましたよ！」

八多の素《す》っ頓狂《とんきょう》な声に反応し、アザハギが周囲をでたらめに殴りつけた。砂が散り、浜が揺れる。悲鳴をあげながら須貝は船の陰へ身を潜《ひそ》めた。間合いをはかりつつ、梵字をまとった銀髪の主が口を開く。

「ほら、地域によっちゃクジラやジンベエザメを〈えびす〉と呼ぶじゃないスか。アレ、このブヨブヨベビーを巨大魚に重ねたんじゃないスか。そこに気づいちゃう俺、スゴくないっスか」

アザハギとの距離を詰めながら、九重が「クジラは魚じゃないけどね」と微笑む。

「たしかに、えびすは蛭子《ひるこ》の字を当てる場合もある。『古事記』に出てくる蛭子命《ひるこのみこと》は異《い》形《ぎょう》の赤児だというし、もしかすると〈この子〉がモデルなのかもね」

「そういや課長に聞いたんスけど、〈字〉って漢字は〝子どもを産む〟とか〝孕《はら》む〟って意味らしいっス。それも関係あるんスかね」

「やれやれ、調べることが多すぎて報告書の作成に苦労しそう。ともあれ、まずは処分が先決か」

アザハギの動きが止まる。いつのまにか赤児の周囲には円陣が描かれていた。須貝は悟る。ふたりとも闇雲に動いているようで、これを造っていたのだ。

九重が足を止めて背筋を伸ばす。一陣の風が吹き、黒衣の裾を羽ばたかせた。

「準備完了。八多くん、援護をよろしく」

「じゃ、子供向けに訶梨帝母《かりていも》でも唱《とな》えますか」

八多が手首の数珠をひとまとめに握りしめ、拳を前へ突きだす。

「オン・ドドマリ・ギャキテイ・ソワカ、オン・ドドマリ・ギャキテイ・ソワカ……」

八多が呪文めいた言葉を連呼する。そのたびに、声がひとつまたひとつと増えていく。唱えているのは八多ひとりのはずなのに、いまや浜には大合唱が響いていた。

あきらかに先ほどよりアザハギの動きが鈍い。悶《もだ》えている。苦しんでいる。眼球が膨らんでは萎《しぼ》み、肌が沸騰《ふっとう》したかのごとく泡立っている。

「……こんなところスかね。じゃあ最後は先輩、お願いします」

八多が腕を下ろしたのを合図に、九重が前へ進みでた。透明の陶器でも撫《な》でるような動きで空中に指を滑らせ——ぴたりと止める。風が止む。潮騒が静まる。深く息を吸ってから、夜を纏《まと》う使者が詠《うた》いはじめた。

「伊提履《いでいび》、伊提泯《いでいびん》、伊提履、阿提履《あでいび》、伊提履」

その節まわしは、まさしく唄だった。

さながら母が口ずさむ子守唄のような響きを宿していた。

をえぇ、をえぇ。アザハギが呼応し、泣く。もはや赤児は原形を留《とど》めていなかった。

波がぶつかるごとに腕が崩れ、足が捥《も》げる。それでも子守唄は終わらない。

「泥履《でいび》泥履泥履泥履泥履、楼醯《ろけい》楼醯楼醯楼醯、多醯《たけい》多醯多醯、兜醯《とけい》、泄醯《とけい》」

声が止む。胎児そっくりの形状になったアザハギが、砂上で身を捩らせている。

九重がそっと近づき、腐れ神の肌に触れた。

「波は引いても、また満ちる。いまは眠って待ちなさい。再び神として祀られるときを、名前を授けられる日を……」

どしゃり——大きな音を立てて、肉塊が砂に還《かえ》った。

「……良い子ね」

虚空《こくう》に語りかけていた九重が、背後を睨む。

「さて……残念ながら、あなたの試みは失敗したみたいよ。黒幕さん」

「……貴様ら、よくも」

安壁が闇の奥に立ち尽くしていた。

いつも丁寧に撫でつけている白髪が、いまは搔きむしったように乱れている。気のせいか、わずか半日で一気に老《ふ》けこんだように見えた。

安壁の背後には、玲奈が立っている。

「久慈さんにあなたを見張ってもらったのよ。そのおかげで、動きが手に取るようにわかったってわけ。さ、覚悟を決めなさい」

九重が迫る。八多が近づく。玲奈が足を踏みだす。

彼女らを薙《な》ぎはらうように安壁が叫んだ。

「だからどうした！　私は別に殺人を犯したわけでも暴行を働いたわけでもない。せいぜいがタイヤを切った器物損壊で罰金を払う程度が関の山だぞ」

「さて、その理屈が無理やり手綱をつけられたアザハギに通じるかしら」

「戯《ざ》れ言《ごと》をぬかすな！　消してやる……かならず貴様らを消して……」

「なにを騒いどるんだ、あんたら」

突然の呑気な声に驚き、黒幕が言葉を失った。

「し、進造さん」

かたわらに立っているのは迎田家の老人・進造だった。闖入者《ちんにゅうしゃ》に狼狽えつつ、須貝がこの場を取り繕《つくろ》う。

「進造さんこそ……こんな時間に、なにを」

「散歩に決まっとるだろうが。誰かと思ったら活き活きセンターの須貝さんじゃないか。そんなびしょ濡れで、そっちこそなにしとんだ」

「いや、これは……」

説明に窮する須貝を押し退《の》け、安壁が老人の前へ立ちはだかった。

「進造さん、この男が勝手にアザハギを決行しようとしたんだ。やはり余所者は信用ならない。さあ、すぐに追いだそう」

と——まくしたてる安壁を数秒見つめ、老人がぼそりと言った。

「誰だ、あんた」

「な、なにを言ってる。私だよ、安壁だ」

「やすかべ……聞かねえ名前だな」

「……まさか、そんな」

脱力し、その場に膝をつく安壁を見下ろしながら、九重が吐き捨てる。

「警告したでしょう。制御できない存在だからこそ、人は必死に祀り、鎮《しず》め、宥《なだ》めてきたの。乗りこなせない馬には蹴《け》られる。飼いならせない犬には嚙《か》みつかれる。あなたは逆に蹴られ、嚙まれ、字《あざ》を剝がされたのよ」

「嘘だ……あの御方が言うことに間違いなど」

「あの御方？」

黒鳥がひと啼《な》きする。彼女の周囲が、すう、と昏くなった。

「アザハギを解放すれば、お前の願いはすべて叶《かな》う……そう約束してくれたのに」

「……なるほど」

九重が安壁に一歩近づき、シャツの襟を摑んで力いっぱい引き起こした。

「八多くん、こちらの〈名もない彼〉を車までお連れしてちょうだい。祭保協本部でいろいろ事情を訊きたいし……この町で暮らすのは無理みたいだから」

遠ざかるふたつの影はまもなく闇に溶けて、すっかりと見えなくなった。

「さ、こちらへどうぞ。あんたがイタズラしたタイヤも修理しましたから、東京までのドライブも安心安全っスよ」

八多がおどけ気味に敬礼してから、放心した安壁の肩を抱く。

「了解っス」


「さて……久慈さん」

九重が玲奈に向きなおる。

「昼間、こちらの進造さんから伺《うかが》いました」

なにをですか。言おうとした科白は喉《のど》に詰まって声にならない。なにも聞きたくない。でも、訊かなくてはいけない。

「この町で発症した唯一の人物は……久慈さん、あなたですね。だから今日、進造さんの家に入るのを拒んだ。違いますか？」

頷こうとする玲奈の肩を須貝が摑んだ。震える太い指が「なにも言うな」と告げている。しばらく考えてから、玲奈は肩の太い指をそっと剝がした。

「怖かったんです。伝染《うつ》すことが……ではありません。もし拒絶されたら、否定されたらどうすれば良いのか、それが不安で」

九重が俯《うつむ》く。浜風が黒髪を巻きあげる。

「そして……あなたの感染を誰より気に病んでいたのは、恋人の須貝さんだった」

玲奈の背後で、とすん、と砂を打つ音が聞こえた。

振りかえると、すっかり脱力した須貝が浜に腰を下ろしている。

「無症状だった自分が感染させてしまったのではないか……そんな不安に駆られた彼は、過剰なほど感染対策を訴えるようになった。まるで、この町への罪滅ぼしのように」

傷だらけのラガーマンが、長々と息を吐く。

「……安壁から聞いただろうが、私はもともと東京育ちだ。前職の兼ねあいもあって月に一度は上京する。彼女の感染が判明したのは、ちょうど私が出張から戻った翌週だった」

「なるほど……つまりは、久慈さんも須貝さんも〝この町に拒まれるのでは〟と、勝手に不安を抱いていたわけですね」

「勝手……に？」

戸惑う玲奈の目をまっすぐに見据え、九重が微笑んだ。

「各地で来訪神がいまも受け継がれているのは、人々が〝外から来たモノ〟の可能性を信じていたからではないか……私はそのように考えています。人間は往々にして未知の存在を恐れ、拒み、避ける。けれども同時に受け入れ、愉《たの》しみ、ともに生きる。この矛盾した柔軟さ、人間らしさの象徴こそが来訪神なのだ。そんな考えは、変でしょうか」

変――その言葉に八多の笑顔を思いだして、玲奈は「ええ」と答えた。

「変かもしれないけど……私、ちょっぴり怖がりつつ信じてみます。町の人を。大切な人を。そして、自分を」

玲奈が須貝の顔を見つめ、そっと手を差しだす。直後、「悪いんだけどよ」と、進造がふたりのあいだに割りこみ、玲奈をまじまじと眺めた。

「あんた、久慈さんところの娘さんだな。その後は大丈夫か。みんな心配してたんだ」

「心配……本当ですか」

「当然だろ。卯巳の連中は不器用だから態度に出さねえけどよ、顔を合わせるたび〝早く快《よ》くなってほしいな〟と話してたんだ。その様子じゃすっかり元気そうだな」

「そう、だったんですか……」

玲奈が深々と一礼し、須貝も頭を下げる。

と――進造が、おもむろに笑った。

「兄《あん》ちゃん……本当にあの東京者か。ずいぶんと雰囲気が変わったもんだ」

「そんなに……違いますか」

「泥だらけで傷だらけで、なんだか卯巳の生まれ育ちみてえな顔になったよ。ここらじゃ、そういう面《つら》を〈海の子〉と呼ぶんだ。あんた、良い海の子だ。これからも町を頼むぞ」

「……はいッ」

立ち去る進造に深々とお辞儀をしていた須貝が「そういえば九重さんは」と顔をあげる。いつのまに消えたのか、九重の姿はどこにも見あたらなかった。ふと、気配に気づいた玲奈が空へまなざしを向ける。

「……ねえ、あれ」

闇に浮かぶ満月の白光に照らされ、一羽の真っ黒な鳥が沖へ遠ざかっていく。大きな羽を広げて海のかなたへ飛翔するその影を、ふたりは黙ったまま、しばらく眺めていた。

おやくめ

「……なんスか、この膨大《ぼうだい》な報告書。ウチは事務処理が多すぎっスよ！」

八多岬《やたみさき》の悲鳴が、がらんとした部屋に響きわたる。そんな後輩の嘆きにも九重《ここのえ》は眉ひとつ動かさず、自身の机に向かって淡々と業務を進めていた。

祭保協本部の一角にある《神務課《しんむか》》のオフィスには、九重たちふたりしかいなかった。常在している十数名の職員は全員が会議や〈処分〉で出はらっている。すなわち八多の絶叫は、咎《とが》める人間が不在ゆえの愚痴《ぐち》なのだった。

「だってこんなのヒーローがやる仕事じゃないっスよ。暴れる神を鎮《しず》めて、世界の危機を救って、颯爽《さっそう》と去っていく……そういう姿に憧れて祭保協へ入ったのに」

「私たちはヒーローじゃなくて準公務員です」

「いや、公務員って〝公《おおやけ》の務め人〟って意味でしょ。だったら、存在が公になってない俺らは公務員じゃないと思うんスけど」

「残念ながら、公務員は〝公務を遂行する人〟って意味。国の関係機関に所属している以上は、存在が秘匿《ひとく》されていてもれっきとした公務員なの」

「でも俺、手書きが大の苦手なんスよ。字も汚いし」

「あのね、八多くん」

九重が作業の手を止め、不満を連呼する後輩の顔をまじまじと見つめた。

「祭保協の仕事は、神を鎮め、祓《はら》うだけじゃないの。神と人のいとなみを後世に伝えることも大切な業務。だから、先人が膨大な記録を残してくれたように、私たちも資料を残していかなくてはいけないの。そのためには報告書の作成も重要でしょ……そもそも」

先輩職員のまなざしが、鋭いものに変わる。

「書類が溜《た》まっているのは、あなたが作成をサボっていたのが原因だと思うけど」

「……はい、そのとおりです」

「じゃ、無駄な抵抗はこれでおしまい。課長から〝会議が終わるまでに前回の報告書を提出しておいてください〟と言われたんでしょ。ほら、急がないと」

「あの……先輩、一気に書類を処理してくれる呪文なんて」

「ない」

即答に八多が溜《た》め息をつく。嘆きへ同調するように、音を立てて書類の山が崩れた。

あそべやあそべ、ゆきわらし

1

ぎしり――家が激しく揺れ、乙野鉄吉《おつのてつきち》は青菜漬《せいさいづ》けを刻む手を止めた。

風のしわざだろうか。年が明けてこのかた荒天続きだが、それにしても今日はひどい。空模様をたしかめようと、包丁を握りしめたまま窓の向こうへ視線を移す。

曇りガラスの向こうでは、北風が軽雪《けいせつ》を巻きあげながら村落を駆けめぐっていた。白く染まった景色のはしばしに黒点がぽつぽつと見える。すべて、家屋の残骸である。手前は十兵衛《じゅうべえ》の爺様《じいさま》が住んでいた茅葺《かやぶ》きの民家、その奥に見えるのは甚一《じんいち》が両親と暮らしていた古い屋敷。どの家も屋根が傾《かし》ぎ、外壁が枯れ蔦《つた》に覆われている。それでも原形を留《とど》めているのはまだマシなほうだ。すっかり崩れ落ちて雪饅頭《ゆきまんじゅう》に埋もれた住宅も珍しくない。無人になって火の気が失《う》せた家は存外に脆《もろ》いと、この数年で思い知らされた。

八十年余を過ごしてきた集落の末路に、思わず溜《た》め息《いき》を漏《も》らす。

鉄吉が生まれ育った桜児《さくらご》地区は東北の山あいに位置している。明治期に入植がはじまった桜児は、隣村へ抜ける道もないどん詰まりの鄙《ひな》びた農村である。ゆえに訪れる者はほとんどいない。世間ではこのような場所を限界集落と呼ぶらしいが、鉄吉に言わせればとっくに限界など超えている。なにせ、いまここに暮らしているのは自分だけなのだから。

十年前に小学校が廃校となり、村唯一の商店が潰《つぶ》れたのを契機に住民が次々と故郷を離れていった。最後に去ったのは吾郎《ごろう》だったか、それとも安蔵《やすぞう》の一家だったか。息子夫婦の家に間借りする者、町場のアパートで新たな生活を始めた者。特別養護老人ホームへ入居した者もいる。

正直なところ、けっして暮らしやすい土地ではない。なにせ桜児という地名からして「冬に赤児《あかご》が生まれても、豪雪ゆえ桜が咲く時期まで出生届を出せない」との謂《いわ》れが由来なのだ。ふもとへ続く道はひとつきり、いったん冬が来れば雪に塞《ふさ》がれて陸の孤島と化す。数年前まで自治体が派遣していた除雪車も、戸数が二桁を切って以降はめったに来なくなった。事実、去った住民の大半は「交通をはじめとする生活の不便さ」を転居の理由に挙げていた。

だが、鉄吉自身はさして不便を感じていない。生まれたときからここは〈そういう場所〉だった。冬の営みに若干の工夫は必要だが、土地ごとに苦労があるのは当然の話だ。余所《よそ》と比較し、ないものねだりを嘆くさまは滑稽《こっけい》にしか思えない。

「人が減って寂《さび》しさに耐えられない」とこぼす者もいたが、それこそ鉄吉には同意しかねる理屈だった。四十年前に妻のキミエが亡くなって以降、自分はずっと独《ひと》り暮らしである。他人がいようがいまいが生活に影響はない。

　聞けば、都会とて似たようなものだというではないか。隣人といっさい交わらず、近所と顔も合わせぬ日々——それは桜児となにが違うのか。人のあふれた街で孤独に過ごすか、無人の村で孤高に生きるかの差だ。だから、鉄吉はここを離れる気などなかった。

　みしり。再び家が軋《きし》む。先ほどよりも強く、重い音。

　もしかして家鳴《やな》りは、風ではなく積雪のせいだろうか。そういえば久しく屋根の雪を下ろしていない。例年なら除雪ボランティアに駆けつけてくれた役場の若い職員も、今冬はまだ顔を見せていなかった。

　理由は問うまでもない。感染症とやらのせいで出向けないのだ。

　世間は流行病《はやりやまい》で大変な騒ぎになっているらしく、テレビではアナウンサーがことあるごとに「他人との接触を控えてください」と連呼していた。その訴えを聞くたび、鉄吉は画面に向かって「桜児なら誰にも会わんで済むぞ」と軽口を叩《たた》く。便利、不便、幸福、不幸。どれも風向きひとつで簡単に変わるものだと可笑《おか》しくなってしまう。

　考えてみれば〈老い〉とて一緒だ。若い時分は高齢になる未来を厭《いと》うていたが、いざその歳《とし》を迎えてみれば、それほど悪いものではなかった。喜怒哀楽の輪郭がおぼろげになり、喜びも悲しみも地吹雪《じふぶき》よろしく風にさらわれて、いつのまにか消えてゆく。無為な一日が明けては暮れ――などと言えばいかにも寂しげだが、そもそも「寂しい」という感情そのものが希薄である。だとすれば、この虚《うつ》ろな日々こそが幸福なのかもしれない。

ぎしり。真上からの噪音《そうおん》に天井を見あげる。

やはり不快な音は屋根雪が原因とおぼしい。火の気は絶やしていないからいまのところ崩落することはないだろうが、これ以上積もればどうなるかわからない。

このあとも降るのだろうか。雪の勢いを見定めようと、改めて窓の外へ視線を移す。

「ん」

わずかばかり弱まった吹雪のかなたに、黒い影がふたつ見えた。

こちらへ向かって誰かが歩いてくる。まぎれもない人間、それもふたり組だ。

自分以外誰もいない桜児になんの用だろうか。しかも今日は一月の十四日、まだ正月が明けてまもない時期だというのに。

この時期――まさか。

〈秘密〉を探りにきたのか。

動悸《どうき》が速くなる。掌《て》に汗が滲《にじ》む。旧《ふる》い記憶があざやかに浮かび、〈あの光景〉が脳内に広がっていく。濁った空、大粒の雪。泣き続ける妻と無言の村衆を見つめる、若かりし日の自分――その視線が、ふいにこちらを向いた。

笑わせるな、鉄吉。なにが「ここの生活に不便はない」だ。お前が桜児に留まっている本当の理由を忘れたのか。それとも忘れたふりをして〈秘密〉から目を背けるつもりか。

そんな真似《まね》は許さない。けっして忘れるなよ。忘れるな、忘れるな忘れるな忘れるな――。

かぶりを振って嘲笑《ちょうしょう》を頭から追いだす。

やれやれ、人間というのは厄介《やっかい》なものだ。直近の出来事は粉雪よろしく風で散ってしまうのに、遠い記憶は根雪なみにしつこく、なかなか溶けてくれない。

気づけば、来訪者の足音は玄関先まで迫っていた。

どうする、どうする。近づく人影を見つめながらおのれに問う。

いまさら〈秘密〉に気づく人間がいるとは考えにくいが、誰かが口を滑らせた可能性も否めない。好々爺《こうこうや》をよそおって適当にいなすか、それとも話の通じない頑固者を演じるか。

それでも引き退《さ》がらない場合は――始末することも考えなくてはいけない。

大丈夫だ。なにせ無人の村、なにがあっても知る者はいない。

「……いずれにせよ久々の客人だからな、お茶請けぐらい用意するか」

流し台の前へ戻って包丁を握りなおし、青菜漬けの束に刃を落とす。

薄暗い台所に、ざくり、と大きな音が響いた。

2

「ほれ、まンず食ってけろ。ここらの名物だ」

努めてほがらかな口調で、鉄吉は来訪者の前へ大鉢《おおばち》を無造作に置いた。鉢のなかには刻んだ青菜漬けが山と盛られている。

「突然お邪魔したにもかかわらず、お気遣《きづか》いありがとうございます」

囲炉裏《いろり》を挟んで向かいあった来訪者——若い女性が一礼し、鉄吉をまっすぐに見つめる。まなざしに気圧《けお》され、貰《もら》ったばかりの名刺に視線を移した。

九重十一《ここのえとい》。珍しい名前に負けず劣らず、風貌《ふうぼう》も独特の空気を醸《かも》しだしている。

濡羽色《ぬればいろ》に輝く艶《つや》やかな長髪。闇を固めたような色あいの瞳。外套《がいとう》は夜を纏《まと》ったかのごとき墨色で、襟元《えりもと》から覗《のぞ》く衣服は影より昏《くら》い。膝《ひざ》に置いた革の手袋からタイツにいたるまで、すべてが黒色に満ちている。さながら葬列の貴婦人だ。

葬列——誰を、なにを弔《とむら》おうとしているのか。

問うように顔をあげると、九重はなおも鉄吉を直視していた。慌《あわ》てて名刺に目を戻す。

名前の脇には〈祭祀保安協会《さいしほあんきょうかい》〉との組織名が記されている。

「なんとも長ったらしい名前だな。八十の爺様では憶《おぼ》えらんねェぞ」

粗忽《そこつ》さを強調した科白《せりふ》を吐くなり、九重の隣で胡座《あぐら》をかいている青年が「俺もっスよ！」と白い歯を見せて笑った。

「ウチの名前、マジで長すぎっスよね。ま、文化庁の外郭団体なんで仕方ないんスけど」

あまりの馴《な》れ馴れしさに虚を衝《つ》かれ、辛うじて「お、おう」とだけ返事をする。

八多岬《やたみさき》――怪しいふたり組の片割れ、九重とおなじ〈なんとか協会〉の職員らしいが、とうていまともな社会人の言葉遣いではない。極彩色のシャツに整髪料で固めた銀髪といういでたちも手伝い、九重とは別な意味で警戒すべき人間に見える。

やれやれ、こんな得体の知れぬ連中と関わるなど面倒きわまりない。目的がなんであれ、さっさと帰ってもらうのが最善だ。

「お前《め》ェさんがた、なんとか詐欺《さぎ》だべ。儂《わし》を騙《だま》そうとしてもゼニなんざねェよ」

話にまるで耳を貸さない、偏屈で疑《うたぐ》り深い老人――玄関を開ける直前に決めた人物像を忠実に演じてみせる。見当違いの妄言《もうげん》ばかり口にし、まともな会話をあきらめさせて辞去させる――その腹積もりだった。

「古くてデカいだけの屋敷だ。欲しいモンがあれば勝手に持って帰っても構わねえが、乱暴な真似だけは止《や》めでけろや」

努めて狭量にふるまい、ことさら訛《なま》りを利《き》かせて牽制《けんせい》する。けれども黒衣の女は落ちつきはらった様子で、鉄吉の顔をじっと見据えた。

「疑うのも無理はありません。名刺の連絡先に確認いただいて結構ですので、まずは訪問の目的を説明させてください」

「それより姉ちゃん、寒くはねェが」

烏女《からすおんな》の科白を巧妙にはぐらかし、逆に訊《たず》ねる。

寒くないわけがない。ふたりを座らせている古い板間には、囲炉裏以外に暖房の類《たぐい》を置いていない。だからこそここに座らせたのだ。老爺《ろうや》のとめどないお喋《しゃべ》りと芯から冷える寒さに辟易《へきえき》し、そそくさと退散してもらうためにこの場所を選んだのだ。

「なにせウチは築百年だべ。さすがに居間や風呂は改築したんだけどよ、先祖代々大事にしてきた囲炉裏だけは、なんだか弄《いじ》る気になれなくてなァ」

訊《き》かれてもいない自説を開陳しながら「早く帰ってくれ」と内心で祈る。

けれども、あいかわらず九重に動じる気配はなかった。

「寒さには慣れていますのでご心配なく。では、そろそろ本題に入りましょう。実は……こちらの乙野家に伝わる神事に関してお伺《うかが》いしたいのですが」

「はて……神事ってのは初詣《はつもうで》のことだべが。昔ァ元日にかならず行っとったけンどよ、神主ンとこの一家が里サ下りちまったもんで、いまは……」

「私どもはユキアソバセのことを訊きたいのです」

予想外のひとことに息を呑《の》む。鉄吉の驚愕《きょうがく》を代弁するかのごとく、囲炉裏の炭が勢いよく爆《は》ぜた。

「……なして、余所者《よそもの》がその名前を知ってんだ」

とっさに口を滑らせてから「しまった」と歯噛《はが》みする。こちらの狼狽《ろうばい》など知る由《よし》もなく、八多が満面の笑みで「いや、マジで祭保協のデータベースってヤバいんスよ」と身を乗りだしてきた。

「どんな小さい記事も古い文書も余すところなく登録されてるんスから。だから俺、〝非公開はもったいないっスよ、サブスクにしたら稼げますよ〟って課長に言ったんス。ま、俺は文字読むと眠くなっちゃうタチなんで、今回の書類も目を通してないんスけど」

「悪い冗談だと信じたいわね。いまの発言が事実なら、課長と今後の指導方針を話しあわなくちゃ」

同僚の軽口を一刀両断し、九重が再び言葉を紡《つむ》ぐ。

「元日から一月七日までの正月に対し、一月十五日は俗に小正月《こしょうがつ》と呼ばれます。この日におこなわれる風習は場所によってさまざまです。小豆粥《あずきがゆ》を食する地域、竈《かまど》に火を入れず一日を過ごす地域、山の神を招き入れ歓待する地域……産女《うぶめ》に遭遇しないよう厠《かわや》への出入りを禁じる地域もありますが、これは厠を産屋に用いていた名残《なご》りだと思われます。かつて、出産は不浄なものとされていましたから」

「はあ……ンだのが」

曖昧《あいまい》な相槌《あいづち》で動揺をごまかす。この女はなにを語っているのか。なにを伝えようとしているのか。話の先がまるで読めず、不安ばかりが募っていく。

「そして……」

九重が、いったん言葉を止めた。次はなんだ。厭《いや》な予感が胸の底に湧きあがる。

「桜児では、小正月にユキワラシを祀《まつ》ってユキアソバセをおこなう……祭保協の資料にはそのように記載されていますが、残念ながらそれ以上の情報は載っていません。そこで、詳細を伺うためにお邪魔したという次第です」

「……ふうん、そいづァご苦労なことだなァ」

あからさまに興味のないそぶりを見せつつ、鉄吉は懸命に頭を働かせた。

なるほど、この連中はユキアソバセの存在を知りこそすれ、詳しい中身は摑《つか》んでいないらしい。すなわち〈秘密〉についてはなにひとつ知らないのだ。

ならば話は簡単だ、知らぬ存ぜぬで押しとおすしかない。

「さて、どんな行事であったっけなァ。八十にもなると物忘れがひどくてよォ」

恍惚《こうこつ》をよそおったものの、烏女の眼《まなこ》から鋭い光は消えなかった。

「ユキワラシという名称は、東北各地に伝わる〈座敷《ざしき》わらし〉と酷似《こくじ》しています」

「座敷わらし……たしか、子供のオバケだな」

うっかり〈演技〉を忘れて問いかける。相手の調子に呑まれまいとしているはずが、次々と言葉の波を浴び、足を掬《すく》われてしまう。

「座敷わらしは、一般的に妖怪や精霊としてカテゴライズされています。ただ、住みついた家に幸福をもたらすという属性を鑑《かんが》みれば、屋敷神の一種とも考えられますね。とはいえ桜児のように祭祀儀礼をおこなうケースは稀《まれ》なのです。加えて、その名称がユキアソバセという点も非常に興味深い。オシラサマをご存じですか」

「ご存じねェな。それは東京で流行ってんのが。儂ァ生まれも育ちも桜児の田舎者《いなかもの》だもンで、都会の話はさっぱりなんだ。でもよ、蕎麦《そば》と青菜漬けの味は何処《どこ》サも負げねェつもりだぞ。どうだ、蕎麦も食ってみっか」

なんとか波状攻撃を堪《こら》え、おかえしとばかりにピントのずれた御託《ごたく》を並べたてる。さりとて九重の反応は鈍《にぶ》く、八多が青菜漬けを頬《ほお》ばりながら「俺、蕎麦も食べたいっス！」とピースサインを向けるだけだった。

呑気《のんき》な同僚を無視して、黒鳥《こくちょう》が居住まいを正す。

「オシラサマは岩手県や青森県などで祀られる産土神《うぶすながみ》です。名称こそ地域によって異なりますが、基本的には娘と馬の顔をした二体の人形として祀られています。養蚕《ようさん》との関係が深く、農耕とも縁が深い。いわば農村の守り神なのです。大切にあつかえば富をもたらすいっぽう、邪険にすると祟《たた》りで家を滅ぼすと恐れられています。そのため、オシラサマを家に入れる場合は未来永劫《えいごう》祀ることを覚悟しなくてはならないとか」

「農村の守り神……家を滅ぼす……未来永劫、祀る……」

無意識に単語を反復した。幾度も荒波に揉《も》まれて、老耄《ろうもう》の仮面はとっくに剝《は》がれている。

「そのためオシラサマを祀る家では、毎年決まった日にオシラサマへ祭文《さいもん》を語って聞かせたり、一緒に舞を踊ったりするのです。これがオシラアソバセ、つまり神様の機嫌を取る儀礼です。まさしく児戯《じぎ》さながらの神事ですが、これは一説によればオシラサマの起源と関係が……」

「ちょ、ちょっと待ってくれや」

慌てて両手を突きだし、解説を遮《さえぎ》る。このまま耳を傾ければ、要《い》らぬことを喋ってしまいかねない。

「単刀直入に教えてけろ。お前ェさんがたの目的ァ、いったいなんだ」

「ユキアソバセを執《と》りおこなう現場に立ち会わせていただきたいのです。我々は名前が示すとおり、祭祀の保安を目的とした組織ですので」

「ンだけど……こだな田舎のしみったれた行事なんぞ、止めようが消えようが誰も困らねエべや。観光客が来る大々的な催しではねェんだぞ」

「ところがジイちゃん、そういう話でもないんスよ」

食い下がる鉄吉を、銀髪の青年が軽薄な口調で一蹴《いっしゅう》した。

「最近、感染対策を理由に各地で神事が中止されてるっしょ。規模縮小だけなら影響は小さいんスけど、なかには中止を決定した自治体も少なくないんスよ」

「……仕方ねェべ。お上が〝人と会うな〟と言ってんだもの、従うしかねェよ」

反論を予期していたのか、九重がすぐさま「いいえ」と呟《つぶや》く。

「それはあくまで人間の理屈。祀られる側は納得しません。ささやかであろうが形骸化していようが、祭祀は意味があるからこそ執りおこなわれるのです。むしろユキアソバセのように土俗的な神事ほど、実は重要な支柱である場合が多い。それを勝手に中止すれば……この世の道理、世界のバランスが崩壊してしまう」

崩壊──風雪に負けて頽《くずお》れた家々が脳裏に咲く。些細《ささい》に見えても、梁《はり》ひとつ、柱一本倒れただけで家は容易《たやす》く潰れてしまう。それとおなじ理屈か。

ぐびりと喉《のど》を鳴らす老爺に、九重が追い討ちの言葉をぶつけた。

「オシラサマや座敷わらしに類似した存在だとすれば、ユキワラシはお世辞にも友好的とは言いがたい、ひどく気まぐれな属性の可能性が高い。世の理《ことわり》が崩れかけている影響で、すでに手綱《たづな》が緩んでいる可能性もあります」

「……その手綱が外れたら、どうなっちまうんだ」

みしり──こうなるよと言わんばかりに家全体が軋みをあげた。

雪のせいだとわかっていても、つい身が強張《こわば》ってしまう。

「……ユキアソバセをすれば、お前ェさんの言う〈崩壊〉とやらは避けられるのか」

老いぼれの借問《しゃもん》に、九重が「はい、つつがなく執りおこなえば」と答えた。

「ただ、ユキワラシがすでに制御できない状態であれば……処分も検討しなくてはいけません」

物騒な単語に、どきりとする。自分も「招かれざる客を始末してやろう」と考えていたくせに、いざ我が身へ投げつけられると狼狽《うろた》えてしまう。

「け、けど小正月は明日だぞ。改めて来てもらうのも手間だしよ、儂ひとりでやっておくからよ……」

精いっぱいの抵抗を試みる鉄吉を一瞥《いちべつ》し、墨色の乙女が冷たく微笑《ほほえ》んだ。

「ご心配なく。これからいったん里まで戻って、明日《みょうにち》またお伺いします」

「……ンだら、いっそウチさ泊まれば良いべ」

唐突で予想外な提案に、さすがの九重も戸惑いの表情を見せた。

「よろしいんですか」

「遭難でもされた日には却《かえ》って面倒だからな。その代わり……家の手伝いをしてけろ。爺《じじい》ひとりの暮らしでは、力仕事もひと苦労でよ」

「……わかりました。お言葉に甘えて、今夜はお世話になります」

深々と頭を下げる九重へ「おう」と無骨に応じつつ、鉄吉はひそかに胸を撫《な》でおろしていた。とっさの判断で機転を利かせた自分に、我ながら感心する。

保安協会だか外郭団体だか知らないが、どうにも油断のならない連中だ。このまま追いだして妙な策を講じられるより、我が家に留めておくほうが賢明だろう。なに、心配は要らない。妙な真似をするようであれば、明日のユキアソバセまでに始末してしまえば良い。いかに自分が老いたとはいえ、相手は華奢《きゃしゃ》な女と軟弱男だ。背後から包丁で斬りつけるくらいは造作もない。

見ていろ。絶対に守りぬいてみせる。この村も、この家も、あの〈秘密〉も。

と——決意を抱く鉄吉のもとへ八多が人懐こい笑顔で近づいてきた。

「さてジイちゃん、なにを手伝おうか。なんでも言ってよ」

得意げに胸を叩く青年をしばしのあいだ眺め、鉄吉はにやりと唇を歪《ゆが》めた。

「ンだら……蕎麦打ちの手伝いでもしてもらうか」

3

「ちょっと、コレのどこが蕎麦打ちなんスか。マジで死にますって！」

八多の悲痛な叫び声が、冬空にこだまする。

哀れな青年はいま、屋敷の裏手にある小川に腰まで浸《つ》かっていた。鉄吉に借りた渓流釣り用のゴム製つなぎを着用しているものの、冬の真水が相手では濡れない以上の効果など望めない。おかげで唇は紫に変色し、顔からはすっかり血の気が失せていた。

涙目の八多を見て、鉄吉が愉快そうに笑う。こちらは厚手のジャンパーを着こみ、ポケットに手を突っこんで防寒に努めている。

「なにピイピイ泣いでんだ。昔ぁ、洟《はな》垂れの小僧ッコでも文句ひとつ言わずに川を漁《あさ》ったもんだぞ。ほれ、さっさと蕎麦を引き揚げれ」

「ふ、ふぁい」

寒さで返事もままならぬ八多が、震えながら水底から網を引き揚げた。大きく膨《ふく》らんだ網のなかには、涅色《くりいろ》をした菱形《ひしがた》の粒がみっしり詰まっている。岸辺に屈《かが》んでいた九重が、網の中身をしげしげと見つめた。

「へえ……これが寒ざらし蕎麦ですか。蕎麦の実を冷水に浸すなんて面白いですね」

「引き揚げてから寒風に晒《さら》すと、アクが抜けて甘味の強い蕎麦になるんだ。ま、乾燥させるには数日かかるから、今晩は去年挽《ひ》いておいた粉で蕎麦を打ってやる」

「えっ。じゃあ俺がこんな目に遭《あ》ってんの、まるで無意味じゃないスか」

「怒るな兄《あん》ちゃん、儂もさすがに冬の川に浸かるなァ応えるんだ。ほれ、昔から〝年寄りに冷や水は禁物だ〟と言うべ」

憤《いきどお》る若僧をいなしつつ、鉄吉はそっとポケットから手を抜いた。数秒前までその手に包丁が握られていたことを、九重たちは知らない。

隙《すき》あらば八多の脳天へ振りおろそうと狙っていたのだが——ふいに気が変わった。始末する前に蕎麦くらい食わせてやってもバチはあたるまい。なに、焦《あせ》らずとも時間はたっぷりある。自身へそう言い聞かせながらも、鉄吉はおのれの気まぐれに少々戸惑っていた。なにを躊躇《ちゆうちよ》しているものか、自分の心根が摑めない。

怯《おび》えるな鉄吉。〈秘密〉を守る以上に大切なことなどないだろうが。

案ずるな鉄吉。機を見ただけだ。今夜、かならず仕留めてやるさ。

心のうちでもうひとりの自分と対話しているところへ、九重が歩みよってきた。慌てて好々爺の顔に戻り、川へ視線を戻す。

「本当に先人の知恵は凄《すご》いものですね、厳寒を逆手に取るだなんて」

「ンだべ。寒さが役立つのは蕎麦だけでねえんだぞ」

そう言いながら周囲の雪原を見わたし、わずかに筵《むしろ》が覗いている一角へ目を留めた。筵のもとへ歩みより、両手で周囲の雪を掘りかえしていく。まもなく白銀の下から麻袋に詰まっている白菜や林檎《りんご》が顔を覗かせた。

「雪室《ゆきむろ》だ。桜児は一年の半分近くが雪に覆われるからな。こうして雪の下に保存するんだ。さしずめ天然の冷蔵庫だよ」

「なるほど……これを見て、なんだかユキワラシという名前が腑《ふ》に落ちました」

「名前……」

予期せぬタイミングで登場した単語に、反応が追いつかない。

「ええ。いまでこそ〈座敷わらし〉という名称が浸透していますけど、かつては各地域で呼び名が異なったんです。お蔵坊主《くらぼうず》、蔵ボッコ、蔵ワラシ……名前が示すとおり、多くは家財を守る蔵に居着くとされていたようです。この桜児では雪室が蔵の役割を果たしているため、雪の字を冠する名前になったのかもしれません」

違う、それは誤解だ。ユキワラシの名前は、そんな由来ではないんだ──仮説の発見に喜ぶ九重を眺め、喉元までこみあげた言葉を懸命に呑みこむ。

やはり、この女は危険すぎる。懸命に守ってきたものを容易《たやす》く壊されてしまう。

やはり──始末するしかない。殺すしかない。

川面《かわも》を見つめながら、そっと呟く。

4

「いやいやいや、本気《マジ》で美味《うま》いっスよ。これヤバいですって！」

打ちたての蕎麦を豪快に啜《すす》りながら、八多が絶叫した。喜びをあらわしているつもりなのか、居間の座卓を何度も叩き悶絶《もんぜつ》している。

「はは、そんなに褒《ほ》めてもらえるとは思わねがったな。晩飯が蕎麦だなんて、都会者には味気ねェかと思ったんだけどよ」

「とんでもない、最高のご馳走《ちそう》です」

八多の隣で品良く蕎麦を手繰《たぐ》っていた九重が、微笑みながら首を振る。

「正直、東京ではこれほど風味のある蕎麦なんて食べられません」

「それなら良《い》がった、苦労して打った甲斐《かい》があるってもんだ」

まんざらでもない反応に、つい頬が緩む。自分が食べるときは味の良し悪しなど考えもしなかったが、ここまで褒められると悪い気はしない。

「……嘘《うそ》でしょ、あとひと口しかねえじゃん」

せいろに残った蕎麦を箸《はし》でかき集めながら、八多が溜め息を漏らす。

「ねえ、いっそ桜児で蕎麦屋を開いてよ。そしたら、ジイちゃんの美味い蕎麦がいつでも食えるでしょ」

「実はよ、昔は桜児にも村営の蕎麦屋があったんだ」

おだてられた勢いで、つい口が滑《なめ》らかになってしまう。

「なんとかって文化人が、取材とやらで桜児を訪ねてきてよ。たまたま蕎麦を食ったら感激しちまって、記事で絶賛したらしいんだな。さて、そッからが大変でよ。毎日のように〝蕎麦を食わせでけろ〟って連中がわんさか来ちまってな。仕方なく公民館の座敷を開放して、朝から晩まで村総出で蕎麦打ちをしたもんだ」

広々とした座敷を埋め尽くす人、人、人——当時の光景が脳裏によみがえって、思わず鉄吉は目を細めた。唐突な蕎麦ブームの到来に、自分も含め桜児の人間がいちばん驚いたものだ。米も穫《と》れぬほど土の痩《や》せた場所で「蕎麦しか食えぬ貧乏人の里だ」と揶揄《やゆ》された時代もあったというのに「こんな美味《おい》しいものがあるなんて、幸せな土地ですね」などと絶賛され、ひどく戸惑ったのを憶えている。思えば自分はあのときすでに、幸福と不幸の曖昧さを疑っていたのかもしれない。

「……いいじゃないスか、ひと口くださいよ。先輩のケチ！」

思い出に浸る鉄吉の眼前では、八多が九重の蕎麦を奪おうと不毛な格闘を繰りひろげていた。必死で箸を伸ばす銀髪の青年と、しなやかに攻撃を躱《かわ》す黒衣の女。奇妙で騒々しい光景も、なぜか不快さは感じなかった。

いやはや、これほど賑《にぎ》やかな夜は何年ぶりだろうか。あのころの光景を再び思いだす。客のすきまを縫いながら蕎麦を運んでいる自分が、瞼《まぶた》の裏に浮かぶ。

と——若い鉄吉が視線をこちらへ向けて、ぎらりと嗤《わら》った。

どうした鉄吉。あれほど「自分は寂しくなんかない」と宣《のたま》っていた男が、やけに来客を喜んでいるじゃないか。川でもずいぶんと楽しそうだったが、いまさら「団欒《だんらん》のぬくもりが懐かしくなった」なんて戯《ざ》れ言《ごと》をぬかすつもりはないよな。まさか、誓いを忘れてはいないよな——。

五月蠅《うるさ》い、忘れてなどいるものか。過去の自分に答えながら、足元に手を伸ばして座布団の下をまさぐった。隠しておいた包丁の刃が指先に触れ、思わず身体《からだ》がぴくりと跳ねる。

こいつで、今夜のうちにひとりずつ始末してしまおう。

絶対に、絶対に〈秘密〉だけは守――。

「ちょっとジイちゃん、俺の話聞いてんの？」

八多の声で我にかえり、慌てて「な、なんだや」と答える。

「だからぁ、俺はね〝この家を蕎麦屋に改装するべきだ〟って真剣に思ってんの。この家、雰囲気も最高でしょ。なんか座敷わらしでも出そうな感じじゃん」

「あ、ああ。ンだな」

生返事をするなり、八多が「ヤバい。俺、いいコト閃《ひらめ》いちゃった」と手を叩く。

「いっそ〝座敷わらしの出る蕎麦屋です〟と宣伝すれば、幸運を招くって評判になるじゃん。そういう旅館、ニュースで見たことあるよ」

「でも、座敷わらしが出ていくところを見られたら逆効果だけどね」

九重の茶々に、八多が「え、座敷わらしって家出するんスか」と問いかえした。

「……報告書に書いていたはずだけど。八多くん、本当に資料を読んでないのね」

「いやあ、そうなんスよ」

銀髪の軽薄男が破顔する。窘《たしな》められたとは微塵《みじん》も感じていないらしい。

これみよがしに溜め息をついて、九重が箸を置く。

「座敷わらしにまつわる説話の多くは〝ある屋敷から見知らぬ子供が出ていく姿を見た。それからまもなくその家は没落してしまった〟という筋立てなの。住んでいる家に幸福をもたらすのではなく、不在になった家が没落するのよ。座敷わらしは〈家や村の衰退〉を後付けで説明するためのシステムなのね」

「それじゃ、座敷わらしというより貧乏神じゃないスか」

「見方によってはそうなるかもね。まあ、桜児のユキワラシと座敷わらしがおなじ属性かどうかは不明だけど、そのあたりは明日ユキアソバセを見て判断するしかないけど」

ユキワラシ、ユキアソバセ。聞きなれた、けれどもいまは聞きたくなかった単語。彼らが来訪した目的を思いだす。かりそめの団欒に高揚していた心が一気に醒《さ》めていく。

唇を噛む鉄吉をよそに、九重は不出来な後輩に即興の講義を続けていた。

「そもそもユキアソバセという名前自体が非常に興味深いの。ユキという言葉は、神聖さを意味する〈斎《ゆ》〉に〈潔白《きよき》〉を充てたものとされている。加えて、アソビは太古に死者供養を担っていた遊部《あそびべ》一族の名が語源だとも言われているのよ。つまり、ユキアソバセはいにしえの神聖な鎮魂儀礼である可能性も……」

「おい、兄ちゃん！」

長講に耐えられず、鉄吉は会話に割って入った。

「……お前ェ、まだ腹が減ってんだべ。裏庭の雪室に林檎が埋めてあっから食いたけりゃ好きなだけ掘ってこい」

「お、マジっスか！　ありがたくいただきます！」

すぐさま八多が玄関へと駆けだしていく。耳を澄ませ、騒々しい足音が遠ざかるのを確かめてから、鉄吉は座布団の下へ手を滑らせた。

これ以上なにも聞きたくない。知りたくない。まずは煩《わずら》わしい女から殺してしまおう。軟派男は、あとでゆっくり始末すれば良い。

包丁の柄を握りしめ、深く息を吸う。

「どうしました」

突然の呼びかけに顔をあげると、九重が潤んだ瞳でこちらを見つめていた。

「ずいぶん汗を掻《か》いていらっしゃるようですけど、お加減でも悪いんですか」

息を吞む。うまく言葉が出てこない。

まるで似ていないはずなのに、目の前の女と〈あの子〉が重なって見えた。もし健《すこ》やかに育っていれば、こんな面立《おもだ》ちになっていたのだろうか――そんな想像を巡らせてしまう。

気づけば、包丁から手を放していた。

嗚呼《ああ》、そうか。この娘も〈あの子〉とおなじ誰かの子なのだ。

自分の幸福を守るためには、誰かを不幸にしなくてはならないのだ。だから自分は、どうしても始末することができなかったのだ。

おのれの真意を悟り、言葉を失う。

「……なして、なしてこんな仕事をしてるんだ」

長い沈黙ののち、鉄吉が声を絞りだした。

さすがに言葉の意味をはかりかねたのか、九重が怪訝《けげん》な表情で首を傾げる。

「こんな……とは、どういう意味でしょうか」

「日本中まわって〝祭りをやってくれ〟と頼みこむなんざ、馬鹿げているべや。〝はい、わかりました〟なんていう人間がいるとは思えねえよ」

「……ええ、このご時世ですから、渋い顔をされるのは日常茶飯事です。詳しくは言えませんが、危険な目に遭うことも少なくありません」

「だったら辞めれば良いべや！　もっと人の役に立つ、誰かに愛される仕事に就けば良いでねえか。頼むから、頼むから幸せになってけろや！」

鉄吉が口を噤《つぐ》み、九重も沈黙する。五秒、十秒。時間だけが流れていく。

「……鉄吉さん」

静寂を破ったのは、九重だった。

「返事の代わりに……私の古い友人、ある女の子の話を聞いてください」

老爺はなにも答えず、じっと俯《うつむ》いている。

「その子は、幼いころから〈人ではないモノ〉を視《み》る力を、それらと語らう力を持っていました。異形《いぎょう》を目視し、言葉を交わすことができたのです。もっとも年若い彼女は、その能力が特殊だとは考えていませんでした。だから……まるで仲良しになった友人を紹介するように、大好きな母へそのことを教えたのです」

そこまで一気に話すと、漆黒《しっこく》の使者はしばし押し黙った。続きを急《せ》かすがごとく、北風が窓ガラスを激しく揺らす。

まもなく、催促に応えて九重が唇を開いた。

「けれども母親は、我が子の言動を正気の沙汰《さた》とは思わなかった。心を病んでいると疑わず、治療のためにほうぼう連れまわした。そして、ある出来事をきっかけに、我が子が〝本当に視えるのだ〟と悟ってからは……娘を畏《おそ》れ、憎み、嫌ったのです」

驚きのままにおもてをあげる。入れ替わるように暗色の娘が、そっと下を向いた。

「女の子は母に認めてほしかった。自分を受け入れてほしかった。だから〝この力は役に立つのだ〟と証明したくて、見様見真似の儀式をおこない……その結果」

二十人が死にました。

犠牲者のなかには、彼女の母も含まれていました。

ぎしり――鉄吉の吐息を肩代わりして、家が重苦しく鳴いた。

「皮肉にも、その一件で彼女の力は公的機関に知られるところとなり、彼女は荒ぶる神の裔《すえ》を管理する任に就きました。自分のような悲しい思いをする人がひとりでも減るように〈守り人《もりびと》〉となったのです」

「守り人……」

九重が、伏せていた顔をゆっくりと正面に戻す。

「鉄吉さん、今度は私から質問させてください。あなたは……いったいなにを守っているんですか」

「……そろそろ寝る。久々の来客で疲れちまった」

そう言ってやにわに立ちあがるや、鉄吉は九重に背を向けた。

〈ある女の子〉の話を聞いてしまった以上、もう自分も嘘はつけない。問われたならば、すべてを吐露してしまうだろう。決意も、真意も、守り続けた〈秘密〉も告白してしまうだろう。

だが、それはできない。自分は、九重が言うとおり〈守り人〉なのだから。最後まで守らなければいけないものがあるのだから。

「……夜が明けたらユキアソバセだ。兄ちゃんに〝寝坊すんな〟と言っといでけろ」

ひといきに告げ、振りむかずに襖《ふすま》を閉める。

廊下に広がる闇が、いつも以上に濃く、深く、冷たかった。

5

「ナンマンダブ、ナンマンダブ、ナンマンダブ……」

夜の名残りが残る冬の空に、鉄吉の念仏が響く。目の前の雪で拵《こしら》えた小ぶりの祠《ほこら》には、赤い実をつけた南天《なんてん》の枝と線香が供えられている。

小正月恒例のユキアソバセ。庭の片隅に設《しつら》えた祠――すべて嘘である。祠など作ったことは一度もないし、唱《とな》えている祭文もまるでデタラメだ。架空の神事、虚構の信仰。それが、鉄吉の選択だった。

昨夜、床に就いてからも延々と悩み続けた。

彼らを殺すべきか、それともいっそ〈秘密〉を明かすべきか。結局、決断できぬまま夜明けを迎え――苦肉の策で謀《たばか》る道を選んだ。

偽りの祭壇に向かって一心に拝み、真剣にうろ憶えの経を唱え続ける。本気で演じなければ、背後で佇《たたず》む九重たちはあっさり見抜くに違いなかった。

許してけろ。姉ちゃんたちが山を下りたら、いつもどおり拝んでやッからな。

瞑目《めいもく》しながら何度も詫《わ》び、かりそめの念仏を終える。

「……これで終《しま》いだ。思ったよりも呆気《あっけ》なくて驚いたんでねェが」

「いいえ。非常に興味深かったです」

本心とは思えなかったが、迂闊《うかつ》に追及などすれば藪蛇《やぶへび》になってしまう。なにも問わず、家に続く道を戻りはじめる。

これで良い、これで良いんだ。かすかな疑問を抱きつつも彼女らは帰京し、自分はまた独りの生活に戻る。それで、すべてが終わる――。

「危ないッ」

先ほどまで眠い目を擦《こす》っていた八多が大声をあげて叫び、鉄吉に組みついた。なにが起きたか理解できぬまま雪の上に押し倒された、次の瞬間。

ざくざくざくざく――と、小気味良い音が間近で響いた。

先ほどまで立っていた位置に、鋭利な氷柱《つらら》が何本も突き刺さっている。

「……コイツ、あそこにぶら下がってたんスよね」

八多が屋根の庇《ひさし》をちらりと見てから、鉄吉を視線で問い詰めた。

なにを言わんとしているのか、一瞬で理解する。庇まではおよそ数メートル。屋根から滑落した雪ならともかく、氷柱が自然に飛んでくる距離ではない。

それは、つまり。

「……たまたまだよ。たまたまに決まってるべ」

「いいえ」

いつのまにか先頭を歩いていた九重が、玄関の戸を開けたまま立ち尽くしている。

「残念ながら、偶然ではないようですね」

どういう意味だ。背中越しに室内を覗くなり、鉄吉の口から「う」と呻《うめ》きが漏れた。

家のなかが凍りついている。

壁には氷の膜が張り、天井からは太い氷柱が何本も垂れ下がっていた。土間に積もる雪。柱を包む霜。厳冬の荒野でも、これほどの氷雪に覆われることは有り得ない。

「……いやいや、参ったな。窓を開けたまんまにしちまったみてェだ」

たどたどしく弁明する鉄吉を正視し、九重が首を横に振った。

「これは、先ほどのでたらめな儀式の影響です。ユキワラシはあんな場所に祀られてなどいない。鉄吉さん、そろそろ真実を教えてください。本物のユキワラシは……この家のどこに安置されているのですか」

「それは……」

黒い瞳に射竦《いすく》められ、耐えきれず視線を逸《そ》らす。左右に泳いだ目が、うっかり囲炉裏で止まった。

「……なるほど」

呟くなり、九重は驚くほど俊敏な動きで囲炉裏へ向かい、躊躇なく両手を灰のなかへと挿《さ》し入れた。

「ちょ、ちょっと先輩!」

「馬鹿、火傷《やけど》すッぞ!」

ふたりの絶叫に眉ひとつ動かさず、黒衣の女は囲炉裏をまさぐり続ける。炭に触れた外套が焦《こ》げ、厭なにおいが立ちこめていた。

止めなくては。早く止めなくては〈あの子〉が見つかってしまう。

心は逸《はや》るのに身体が動かない。

鉄吉が身を強張らせるなか、黒い花が開くように、ゆったりと九重が立ちあがった。

「……囲炉裏の底に見つけました」

手には、灰まみれの小さな壺《つぼ》が抱えられている。

「これがユキワラシの本体ですね。どうします、この場で開けましょうか」

「止《や》めろ。止めでけろ」

「ええ、そんな不遜《ふそん》きわまりない真似は止《よ》しておきましょう。なにせ、この壺に入っているのは……あなたのひとり娘、六花《りっか》さんの遺骨ですから」

とどめの言葉に撃ちぬかれ、脱力した老爺がその場にうずくまる。

「……なして、六花の名前まで知ってるんだ」

「こちらを訪ねる前、村役場で戸籍を確認しました。奥様の死亡届は提出されていましたが、長女の六花さんは出生届のみ。転居届や死亡届は提出されていなかった」

開けはなったままの玄関から、一陣の北風が廊下を吹きぬける。九重の外套がたなびき、黒い翅《はね》から鱗粉《りんぷん》よろしく灰が拡散した。

「座敷わらしの話……憶えていますか」

鉄吉はなにも言わない。なにも言いたくない。知りたくない。

「座敷わらしの起源には諸説あると言いましたよね。そのなかには〈間引《まび》きされた子供の霊だ〉という説も存在するんです。殺した赤ん坊を土間や軒下……あるいは囲炉裏などに埋め、屋敷神として祀るのだとか。だから私はユキワラシも……」

「ちっ、違う！　儂ァ殺してなどいねェ！」

鉄吉が慌てて立て膝になり、よろよろと起立しながら叫ぶ。

「あなたが殺害したとは考えていません。娘さんがひとりの人間として弔われず、ユキワラシとして祀られたのは事実でしょうけれど」

そこで言葉をいったん止め、九重は骨壺を囲炉裏の傍《かたわ》らにやさしく置いた。

「座敷わらしとは〝居《い》る家に幸せが訪れる〟のではなく〝去った家が没落する〟機能を持った存在だと言いましたよね。ユキワラシも同様の性質を有していた。だから桜児の人々は、ユキワラシが去ることがないよう処置を施したのではありませんか。現在に生きる我々の感覚からすれば、とうてい受け入れがたい処置を」

答えない。無言こそが答えだとわかりつつも、口を開くことができない。

「さて、鉄吉さん……私にはまだ腑に落ちない点があります」

瀕死《ひんし》の老耄を前にしても、夜色の烏は追及の手を緩めようとしなかった。

「屋敷神として贄《にえ》にするのであれば、生まれてすぐ、間引くことも可能だったはずです。けれども六花さんの出生届は提出されていた。つまり、彼女はある程度の年齢に至ってから犠牲になった可能性が高い。それは、なぜですか」

「それは……それは、あの子が生まれつき」

告白は、最後まで続かなかった。

鉄吉の目の前の床へ氷柱が激突し、粉々に砕け散る。反射的に振りむくと、九重の視線はすでに自分から逸れ、隣の居間へ注がれていた。

「やれやれ、本人はこれ以上詮索されるのが厭みたいね」

彼女のまなざしを追うなり、絶句する。

板間と居間を隔てる障子戸《しょうじど》が、吹雪に晒したかのごとく凍りついていた。

ぱきり、ぱきり。凍《し》みた障子紙が、いっせいに破裂する。腕で顔を覆い、飛び交う氷の破片を避《よ》けながら九重が告げた。

「出てらっしゃい。かくれんぼだけじゃ遊び足りないでしょ」

目隠しを失った格子。その向こうに——純白の童女が立っていた。

6

雪像かと見紛《みまが》うほど、なにもかも白い童《わらわ》だった。

絹糸のような髪、水よりも透《す》けた肌、黒目のない眼球、氷を思わせる色の唇。いちめん白地の振袖には、銀糸で織られた六角模様が躍っている。

「ぬしゃ、だれぞ」

静謐《せいひつ》な印象に反し、ひどく禍々《まがまが》しい声だった。

黒の妖女が背筋を伸ばし、白の童女と対峙《たいじ》する。

「あなたが六花さん……いいえ、ユキワラシね。なるほど、名前を聞いた時点で気づくべきだったわ」

「ぬしゃ、だれぞ。なのれ、おなご」

「自己紹介はすこし待ってちょうだい。あなたのお父さんと話が終わってないの」

告げると同時に九重が外套を左右に広げ、両の指で印を結ぶ。風が円を描き、周囲に積もる雪を放射状に吹き飛ばした。ユキワラシがわずかに顔を歪め、ほんのすこし身を退《ひ》く。

敵が怯《ひる》んだのを確かめてから、墨色の客人《まろうど》は鉄吉へ向きなおった。

「六花とは雪の別称……つまり、娘さんは生まれつき色素が欠乏した、極端に肌や髪の白い子供だったのではありませんか。桜児では、そのような子をユキワラシと呼称していたのではないですか」

鉄吉に訊ねながら、九重が格子越しにユキワラシを睨《ね》めつける。白い童女が眉間《みけん》に皺《しわ》をよせ、招かれざる客を睨《にら》みかえした。

「たわごとをやめよ。くちをつつしめ、おなご」

佇んでいたユキワラシが片手を振るなり、紙のない障子戸が弾《はじ》け飛ぶ。

九重めがけて激突する直前、手前に割りこんだ八多が腕で格子を薙《な》ぎはらった。

「……お嬢ちゃん、意外と剛腕じゃん。大リーグも夢じゃないっスよ」

にやりと微笑む銀髪の背中に、九重が「八多くん、時間を稼いで」と早口で命じる。

「了解っス。キッズ向けなら、護法童子《ごほうどうじ》あたりっスかね」

八多が数珠《じゆず》を綾取《あやと》りよろしく指に絡め、前に突きだした。

「カラリンチョウ、カラリンソワカ……中央五方五千乙護法《おとごおう》、唯今《ただいま》行じ奉《たてまつ》る」

奇妙な抑揚の呪文を唱えるなり、四方八方から熱風が吹きあれ、あっというまに雪氷を水に変えていく。

「金達龍王《きんだつりゆうおう》、堅達《けんだつ》龍王、阿那婆達多《あなばだつた》龍王、徳叉迦《とくしやか》龍王、総じては諸仏薩唾《しよぶつさつた》、本誓悲願を棄《す》てたまわず、仏子某甲諸願哀愍納受《ぶしぼうこうしよがんあいみんのうじゆ》、七難即滅、七福即生、火難水難風難病難、口舌難執着難怨心《おんしん》難、怨敵難呪詛《じゆそ》難……」

止まらぬ暗唱に、ユキワラシは唇を固く結んでいる。

ひとまずの優勢を確かめてから、黒橡《くろつるばみ》の女王が鉄吉の顔を凝視する。告白を促され、老爺は弛緩《しかん》した表情で力なく頷《うなず》いた。

「乙野家には、何代かにひとり雪色の童が生まれる……曽祖父《ひいじい》様からはそう聞いておった。ンだけど儂ァそんなもの迷信か御伽話《おとぎ》の類だと笑っていた。ひとり娘の六花が全身真っ白で生まれるまでは」

「色素の欠乏は、野生動物でもたびたび起こる遺伝子の変異が原因とされています。神に選ばれたわけでも祟られたわけでもない、きわめて自然な現象なんです。けれども、残念ながら彼らを極端に神聖視、異端視するケースは歴史上たびたび存在しました。たとえば孝徳《こうとく》天皇は白い雉《きじ》を献上され、元号を白雉《はくち》に改めています。また、人魚の肉を食べて不老不死になったとされる八百比丘尼《やおびくに》の異名は白比丘尼。極端に肌や髪が白い女性だったとの説があります。人間は異質な存在を崇敬し、同時に忌避《きひ》する。自分とほんのすこし容姿が異なるだけで、血の通った人間と認めないのです。桜児にもまた、それに準ずる信仰が存在したのでしょう」

解説とも詰問《きつもん》ともつかぬ九重の言葉と八多の吟詠《ぎんえい》が重なりあい、凍りついた家に輪唱が響く。ふたりの声を追うように、鉄吉が語りを再開する。

「……曽祖父様の代までは、ユキワラシを神からの供物《くもつ》として贄に捧げとったそうだ。もっとも儂が子供の時分は、さすがにそんな因習はとっくに廃《すた》れておった。村の衆も、六花を〝色が白いだけだ〟と普通に可愛《めご》がってくれた……それも五歳の冬、あの子が原因不明の高熱に襲われる日までの話だったがな」

独白を遮るつもりなのか、室内を吹雪が暴れまわっていた。電灯が風で右に左に揺れ、置物や農具が次々に倒れる。それでも鉄吉に慄《おのの》く様子はない。

「慌てて里の病院に運ぼうとする儂ら夫婦を、村の者は総出で止めた。〝ユキワラシが出ていけば全員が災難に見舞われる〟〝俺たちを不幸にするつもりか〟と真顔で脅《おど》されたよ」

「まんがいち疫病だとすれば、外部から謂れなき迫害を受ける……そんな怯えが心の底にあったのかもしれません。いまも昔も、正体の知れぬ病は人を疑心暗鬼にさせますから」

推察とも慰《なぐさ》めともつかぬ九重の科白を、老夫は「疑心暗鬼か……まさしくあの連中は鬼だったな」と吐き捨てた。

「六花は治療もできぬままに逝《い》って……無理やり屋敷の囲炉裏に埋められた。皮肉にも、そのあとすぐに町道の開発が決まってな。ほどなく蕎麦も広く知られて、余所から来る連中がどっと増えた」

「桜児に幸福が満ち……妄想は現実になってしまった」

鉄吉が、洟を啜りながら弱々しく笑う。

「馬鹿くせェ。単なる高度経済成長のおこぼれにありついただけの話だ」

「けれども人々は〝ユキワラシのおかげだ〟と疑わず、特需を喜んだ。結果、あなたは村の繁栄のため、ユキアソバセの任から逃げられなくなった。愛娘《まなむすめ》を喪《うしな》った悲しみで妻が死んでも、過疎で人々が去っても桜児に残り、ユキアソバセを敢行した……」

「誰も居なくなったのに続けるなんて愚かな野郎だど思ってるべ。お前ェさんには、儂がなにを守ってるのか理解できねェべ」

九重はなにも言わない。黒い羽を閉じて、次の言葉を待っている。

「儂がここを捨てれば、桜児に幸福は訪れなかったと証明しちまう。いまさら〝単なる迷信だ〟と否定されたら六花の立場はどうなるよ。何十年も村を守ってくれたのに〝無意味でした〟なんて言われたんでは、あの子が不憫《ふびん》すぎるでねェか」

「……気持ちは痛いほど理解できます。それでも六花さんが病に倒れた日、あなたは因習より娘を選ぶべきだった。人の子を神にするべきではなかった」

「あの……先輩。お取りこみのところ、すんません」

いつのまにか、間近に八多が立っていた。押され気味なのか、額にびっしり汗を掻き、がくがくと膝を震わせている。

「やっぱ、俺だけじゃ厳しいっス。ほら」

言い終わると同時に八多の数珠がちぎれとび、雪の廊下に散らばった。

肌を切り裂かんばかりの鋭い風が壁を砕き、柱を薙いでいく。先ほどよりもあきらかに勢いが増している。

「われは、まもりご。さくらごを、おつののいえを、まもるがつとめ」

ユキワラシが口を大きく開き、青白い息を吐いた。

天井の氷柱が澄んだ音を立てて折れ、九重の数センチ手前に突き刺さる。

とはいえ、黒の使者に怯んだ様子は見られない。

「……残念だけど説得は無理みたいね。だったら、手段はひとつ」

九重が足を大きく開き、両腕を水平に伸ばした。

さながら飛翔する鳥──否《いや》、漆黒の大鷲《おおわし》だ。獲物を狩る猛禽《もうきん》のいでたちだ。

「イーヤエイ！」

まさしく鳥が啼《な》くような発声に、あたりを包んでいた冷気が一瞬で散る。

すかさず、九重が深々と息を吸った。

「片手に掛けたは袈裟衣《けさごろも》、左の手には白き神、右の手には読めや書けやと読み信じ、極楽浄土と急いで参る……」

「嘘だべ……ユキアソバセの祝詞《のりと》そっくりだ」

呆然《ぼうぜん》と独りごちる鉄吉を見て、九重が微笑んだ。

「オシラサマを使役《しえき》する祭文の一種です。地域によって文言が微妙に違うので効果は未知数でしたが、どうやら正解だったようですね」

黒鷺がさらに大きく翼を広げた。風に煽《あお》られて外套の裾《すそ》がはためき、黒髪が躍る。

「神の浄土かな、思いそめての大願か、心寄せてのとりごいながらも、仮の姿ながらも、月に浮かんばやと……」

ユキワラシが小刻みに震えはじめた。氷片よろしく皮膚が剝がれ、頰や指先がぱりぱりと剝離している。

「さあ……まもなく呪いも雪も溶ける。春とともに、人の子へ戻りましょう」

じり——と、黒衣の女が歩み寄った。

確信する。もうひとこと九重が唱えれば、六花は崩れ散る。温《ぬく》もりを失い、雪原に棄てられた家々のように。主《あるじ》が身勝手に去ったせいで。幸せを求めて旅立ったせいで。

それは——駄目だ。見過ごせない。

九重が息を吸う。次の瞬間、鉄吉がユキワラシの前に立ちはだかった。

「……退《ど》きなさい！」

鋭い声にも老爺は動こうとしない。

「誰かを不幸にして得たものを〈幸せ〉なんて呼んじゃならねェんだ。勝手な理屈で神に祀りあげておいて、勝手な理由で葬り去る……なあ、それは本当に正しいことなのか」

九重はすでに暗唱を止め、眼前の親子をじっと見つめている。黒い背中ごしに、八多が鉄吉へ声をかけた。

「ジイちゃん、難しい話はあとで聞くっス。いまはマジでヤバいんスよ。ユキワラシが出ていった家は、不幸が一気に襲ってくるんス。だから」

「知っとるよ。このあとなにが起こるかは、儂がいちばんよく知っとる。でもよ兄ちゃん、この世にひとりくらい、不幸になる幸福を選ぶ馬鹿がいても良いべや」

「そんな……」

絶句する青年をよそに鉄吉は一歩一歩踏みしめながらユキワラシへ近づき、小さな手をそっと握った。

「六花、長いこと世話ァかけたな」

「……おっ父《とう》」

能面じみたユキワラシの顔に、ほんのわずかな変化が浮かぶ。

「ンだ、お前ェのおっ父だ。ほれ、一緒に遊ぶべ」

「……ええのか。オラ、もう守らねくてもええのか。遊んでもええのか」

遊ぶとは、かつて死者の魂を鎮《しず》める行為だった――九重の言葉が頭をよぎる。

「もう充分だ。さあ、なにして遊ぶがや」

ユキワラシの白目に、じわ、じわ、と色が戻っていく。

「オラ……めいっぱい走りてえ。だいすきな桜児の山を走りてえ」

「おうおう、走ってこい。お前ェが行けねがった処《とこ》さ、好きなだげ行ってこい」

「……わがった！」

笑みをはじけさせて、六花が雪のなかへと走り去る。その背中が完全に見えなくなった次の瞬間、家が斜めに傾いだ。

柱に大きな亀裂が入り、くの字に折れ曲がる。

「ヤバいッス、家が壊れますよ！」

「鉄吉さん、早く逃げましょう！」

とっさに伸ばした九重の手を躱し、鉄吉がじりじりと後退する。

「お願いだ、六花を見逃してやってけろ。あの子が荒ぶったところで、桜児にはもう誰も来ねえ。ここを出ることのねえよう、きちんと儂が面倒を見る」

「……駄目です。そんな結末を選んでは駄目です」

訴えるような叫びにも、六花の父はかすかに微笑むだけだった。

「なあ、九重さん。昨日お前ェさんが話してくれた女の子に会ったら、どうか伝えてやってくれ。あんたのおっ母も、あんたを憎んでいたわけでは……」

遺言は最後まで続かなかった。

屋根が崩れ、一気に雪がなだれこむ。白銀の滝に覆われ、鉄吉の姿はすでに見えない。

「先輩、もう限界ッス！」

立ち尽くす九重の腕を八多が摑み、強引に外へ引きずりだした。体当たりで玄関の戸をなぎ倒し、吹雪のなかを走る。足がもつれ、揃《そろ》って雪上へ倒れこんだ。

その直後——長い長い地響きを立てて、乙野家は完全に崩落した。

「……鉄吉さんは、鉄吉さんはまだ家のなかに」

「この崩れかたじゃ、もう……雪が重すぎて耐えきれなかったんスね」

舞いあがる雪煙を手で払いながら、八多が呟く。真っ白な虚空《こくう》を見つめ、「いいえ」と九重が答えた。

「重すぎたのは、雪だけじゃない」

いつのまにかすっかり落ちついた空を、桜のように粉雪がはらはらと舞っている。

おだやかな風のなかに、歌声のような音が微《かす》かに混じっていた。

楽しそうにも、哀しそうにも聞こえる歌声だった。

おくやみ

あれは、たしかに雪女だったよ。

いやいや、幻なんかじゃねえ。八十の爺様《じいさま》とはいえ、そこまで耄碌《もうろく》ァしてねェさ。

儂《わし》は、雪深い山村の生まれ育ちでなあ。良い処《ところ》だったが、それでもこの歳《とし》だべ、三年前にとうとう日々の生活もままならなくなって、将吾《しょうご》の家へ同居することになったんだ。

ああ、将吾ってなァ息子だよ。儂の名前が吾郎《ごろう》だから一文字取って将吾。良い名前だろ。

でも、生家には先祖代々の品々が置きっぱなしだったもんでよ。機会を見ちゃあ村まで車を走らせて、ちょこちょこ片づけておったんだ。ただここ数年は将吾に〝感染すると拙《まず》いから〟と外出を禁じられてなあ。それでようやく今年の春、久しぶりに訪ねたんだ。

村は——人っこひとり居《い》ねえ、空き家ばかりの廃村になっていた。隣の家なんざ跡形もなく崩れとったよ。まあ旧《ふる》い家だもの、積雪で倒壊したんだべな。

それで、儂はなんとも寂《さび》しい心持ちのまま、ぐしゃぐしゃの家屋を眺めておったんだ。

そしたら——女《おなご》がおってよ。

崩れた家の前の草むらに屈《かが》みこんで、じっと目を瞑《つむ》ったまま手を合わせてんだ。

はじめは「親戚だべな」と思ったよ。なにせ全身真っ黒の服だもの、遠縁の者が法事の帰りにでも寄ったんだろう——なんて考えておった。ところが、だ。

雪が降ってんだ。その女のまわりだけ、粉雪がちらちら舞ってんのよ。

あ、これは人間でねえ。雪女だ。気づいたらあとはもう、一目散に逃げだしとった。

でも、雪女ってなァ普通は白装束だろ、黒ずくめってのも妙だとは思ったけどよ——まあ、昔はいろいろあった村だしな。そういうモノが居ても不思議はねェんだろうさ。


それにしてもお前ェ《め》さん、なしてこんな話を聞きたがるね。

いや、見た目で判断する気はねェけど——革のズボンだの真っ赤な髪だの、役所の人間にしちゃハイカラな恰好《かっこう》だべ。いったい何者かと思ってよ。

ん、「雪女ではない」ってどういう意味だ。はあ、調査。処分。相手に先を越された——なんだか難しい話でさっぱりわからねェな。ははは、安心しろ。そんなおっかねえ顔で「口外しないでください」なんて脅《おど》さなくても大丈夫だ。爺様だもの、すぐ忘れちまうよ。

ただ——あの黒い雪女のなんとも悲しげな顔だけは、忘れられねえけどな。

わたしはふしだら

I

やはり、私は間違っていなかった——。

閑散としている《時花山《ときはなやま》キャンプ場》を眺め、傘蔵理美《かさくらさとみ》は安堵《あんど》の息を漏《も》らした。

大きな円形に整地された芝生《しばふ》にはテントの一張さえ見あたらず、外周に等間隔で立つ木造のコテージも、すべての灯《あか》りが消えている。

もう一度、長々と息を吐いてリュックサックを地面におろした。シャツの背中に滲《にじ》んだ汗が、寒風で一気に冷えていく。街がいまだ残暑に喘《あえ》ぐなか、山の中腹に位置するこのキャンプ場には早くも秋の気配が訪れていた。

とはいえ、無人の理由は肌寒さだけではあるまい。昨年まで活況だったアウトドア・ブームとやらが終焉《しゅうえん》を迎えたのだろう。聞くところによると、リサイクルショップには真新しいバーベキューセットやランタンが山積みになっているらしい。テレビや雑誌も「これからはアウトドアの時代だ」などとさんざん煽《あお》っていたくせに、いまでは駅前のスイーツばかり特集している。

どいつもこいつも身勝手だ。誰も彼も無責任だ。

みんな、間違っている。

憤《いきどお》りつつリュックを背負いなおすと、理美はキャンプ場の先に見える杉木立《すぎこだち》をめざして歩きはじめた。マスクをはずそうと、何気なく顔へ手を伸ばして思いとどまる。止《や》めておこう。涼やかな空気を胸いっぱい吸いこみたいのはやまやまだが、まんがいち誰かに顔を見られては面倒だ。用心に越したことはない。

なにせ、私は今日——この世界を破滅させてやるのだから。

鬱蒼《うっそう》とした針葉樹の下、わずかに踏みならされた草を辿《たど》って黙々と進む。

かすかに先客の足跡が残っているのはありがたかったが、それでも三十路《みそじ》半ばの身にはなかなか厳しい悪路だった。おかげで何度となく藪《やぶ》へ突っこんでは、枝を折ってしまう。そのたび木々から烏《からす》が飛びたち、闖入者《ちんにゅうしゃ》を諌《いさ》めるように、がら、がら、と啼《な》いた。

黒い群れに見守られながら、木々の隙間を蛇行《だこう》して十五分ばかり歩いたころだろうか。いきなり視界がひらけ、百メートルほど彼方《かなた》に焦《こ》げ茶色の丘陵《きゅうりょう》が見えた。

あれだ。無意識のうちに駆けだす。近づくにつれて〈それ〉が明瞭《はっき》りと確認できた。

数えきれないほどの腕、腕、腕、腕腕腕腕。

数十本——否《いや》、百本以上はあるだろうか。もちろん生きた人間のそれではない。石で造られた大小さまざまな腕が、赤土の上に散乱しているのだ。どうやら形状もひとつひとつ違うらしい。男とおぼしき大きい手が虚空《こくう》を掻《か》きむしる横では、赤児《あかご》の小ぶりな掌《てのひら》が愛らしい指を広げている。埋もれた土から覗《のぞ》く細い指先は、女のものだろうか。

とうとう見つけた。

これが〈しどら〉に違いない。

「しどら……しどら……」

どこか怪獣めいた名前を連呼しつつ、リュックをおろしてチャックを開け、なかを乱暴にまさぐって二枚の紙を引っぱりだす。ネットに転載された地方紙の記事を、電波が届かない場合にそなえてプリントアウトしたものだった。

深呼吸をひとつしてから、眼前の腕たちへ聞かせるように、記事を音読する。

「……かつて民間信仰の対象であった石製の神像〈しどら〉が何者かによって壊されていたことが、本紙の調査であきらかになった。神像は三年前にいつのまにか復元されており、深まる謎に地域住民は首を捻《ひね》っている……」

そこまでひといきに語って、理美は息を漏らした。続きを急《せ》かし、冷たい風が吹く。

「この〈しどら〉は、江戸時代に時花地区一帯で祀《まつ》られていたとされる神像だが、名前の由来など詳細はわかっていない。ただ、当時の文書に〝災禍《さいか》を撒《ま》きちらし、多くの命を奪った〟との記述があることから疫病を象《かたど》った神ではないかと推察されている。〈しどら〉

は長らく時花山キャンプ場の一画に粉々に破壊された状態で放置されていたが、一昨年に何者かの手で修復された〈しどら〉の写真がSNSで広まると、なぜか〝疫病退散のため降臨したのでは〟との噂《うわさ》が広まり、時花山は〈しどら〉めあてのキャンパーたちであふれかえった……」

再び息を継ぎ、二枚目の紙をめくる。

「……参拝客の増加を受け、市では町おこしへの活用も検討していたものの、感染が落ちついた昨年からは訪れる者が減少の一途をたどり、計画も自然と立ち消えになった。そんななか、キャンプ場を巡回中の職員がバラバラになった〈しどら〉を発見、本紙に連絡をよこしたのである。施設を管理する市に問いあわせたところ〝もともと神像は原形を留《とど》めぬ状態だったと聞いている。今後については教育委員会と検討するが、文化財ではないため予算がおりず、本年度の修復は難しい〟との回答を得た。なかには〝また感染症が広がれば、勝手に復活するのではないか〟と述べる関係者もおり、神像をめぐる騒動からは、市の苦しい財政事情が窺《うかが》える……」

最後の一文まで読み終えて、ふと指が緩む。おりよく風が吹きぬけ、ふたひらの紙を奪って宙に舞いあげた。

壊されたとは承知していたものの、これほどの惨状とは思いもよらなかった。

記事には写真が載っていなかったから、もともと如何《いか》なる姿であったかはわからない。

ただ、おびただしい手の数を見るに、どうやら〈しどら〉は複数の神様らしい。なるほど、路傍《ろぼう》にならぶ地蔵みたいなものだろうか。

だとすれば、狼藉者《ろうぜきもの》は数多《あまた》の神像をひとつ残らず破壊したのか。

勝手に騒いだあげく反故《ほご》にされて、壊され、棄《す》てられて。

なんだか、私みたいだ。

そうだ。〈しどら〉は私だ。

私は〈しどら〉だ。

静かに湧きたつ怒りのなか、いましがた読んだばかりの記事が脳裏によみがえる。

また感染症が広がれば、勝手に復活するのではないか——間違っている。順番が逆だ。疫病が広がった結果〈しどら〉が再臨するのではない。〈しどら〉が再生することで疫病が撒かれるのだ。だからこそ私は今日、この場所を訪れたのだ。神像を復活させて再び疫病を蔓延《まんえん》させ、この世に災厄をもたらすのだ。

「なんて、意気ごんではみたものの……」

膨大《ぼうだい》な数の腕を前にすると、さすがに怯《ひる》んでしまう。おまけに、腕は半分ほどが土中に埋もれており、どう考えても素手で掘りかえすのは容易ではなかった。そもそも自分は〈しどら〉の原形さえ知らないのだ。それで復元など、できようはずもない。

先走ってしまったか。思慮が浅かったか。やはり、間違っていたのだろうか。

おのれが漏らした科白《せりふ》に、再び憤怒《ふんぬ》の火が勢いを取りもどす。

私は間違ってなどいない。間違っているのはあの連中だ。あの女だ。

それを証明するために、自分は今日ここへ来たんじゃないか。

「……よし、やるか」

萎《な》えかけた心を奮《ふる》い立たせ、地面に跪《ひざまず》いて素手で土を掻きはじめる。

と——その直後、背後で声が聞こえた。

「それでは日が暮れてしまいますよ」

驚きのまま振りむいた先に、細身の青年が立っている。

深紫の開襟《かいきん》シャツに、黒光りするレザーのパンツ。あざやかな朱色の髪はワックスできっちり固められており、耳朶《みみたぶ》には勾玉《まがたま》を模したピアスが穿《うが》たれている。軽薄な外見に不釣り合いな金属製のシャベルを肩に担《かつ》ぎ、青年はこちらを凝視していた。

どう見てもキャンプの服装ではない。だとすればナンパか、それとも不審者だろうか。

シャベルを手にしているということは——もしや自分を殺して埋める気なのか。

物騒な想像ばかりが頭に浮かび、身が竦《すく》む。

「だ、誰ですか。警察を呼びますよ」

声をうわずらせ、とっさに〈しどら〉の腕を武器がわりに握りしめる。

と、青年が静かに一礼するなり恭《うやうや》しい口調で挨拶を述べた。

「到着が遅れて申しわけありません。ご連絡をさしあげた八多《やた》です」

2

「いやあ、標高の低い山だと聞いていたもので〝軽装でも問題なかろう〟と油断したのが間違いだったようです。汗でシャツは濡《ぬ》れるわ、泥濘《ぬかるみ》に嵌《はま》って靴は汚れるわ、おまけに場所がなかなかわからず迷子になってしまいました。それでも発掘の道具を持参したのは我ながら慧眼《けいがん》だと思ったのですが、一本しか持ってこないのは迂闊《うかつ》でしたね」

機銃掃射さながらのお喋《しゃべ》りに興じつつ、青年がシャベルを振るい、神像の腕を次々と掘りだしては、草の上にならべていく。

その発掘作業を遠巻きに見ながら、理美はいつでも逃げられるよう身構えていた。

警戒するのも当然だろう。場に相応《ふさわ》しくない服装、浮わついた容貌《ようぼう》、そして止まらない弁舌。すべてが胡散《うさん》くさい。八多という名前すら本当かどうか疑わしく思えてしまう。

そもそも、知りあった経緯からしてまともではないのだ。

〈しどら〉について報じるネットの記事へ、理美は「私が復活させてあげようかな」と読者コメントを書きこんだ。単なる衝動的なひとこと、深い意味など微塵《みじん》もなかった。

ところが翌日、コメントに「僕もご一緒させてもらえませんか」との返信が届いた。

その返信の主こそが、目の前の八多なのである。

たしかに、そのとき理美は勢いにまかせて「来週末に行くつもりです。ご自由に」と答えてしまった。どうせ揶揄《からか》い半分、来るわけがないと高を括《くく》っていたからだ。

それが——本当にやってくるとは。

いったい、どうして。

「どうして……来たんですか」

思わず、疑問が口をついて出る。八多は手を止めず、こちらへ背を向けたまま「純粋に発掘のお手伝いがしたかった、それだけですよ」と、朗《ほが》らかに答えた。

「心ない人に破壊された神像を、もとの姿に戻してあげたい……そんな、損得勘定抜きの心意気に賛同したまでです。このご時世、なかなかできることじゃありませんから」

違う。損得を計算しての行動なのだ。口籠《くちご》る理美をよそに青年は言葉を続ける。

「それに、専門職として一度は〈しどら〉を見たいと思っていましたからね」

「専門職……ですか」

「ええ。僕が所属する組織は〈神様の保護〉を主たる業務にしているのです。ちゃんと祀られていない神様を、正しい立ち位置に導いてあげる仕事なのですよ」

「神様って……つまり神主さんですか。それとも、霊媒師《れいばいし》みたいな」

理美の問いに〈専門家〉が声をあげて笑う。

「どちらでもありません。詳細は明かせませんが、れっきとした公的機関です」

そんな仕事があるのか。それにしたって、およそ公人のいでたちとは思えないが――。

理美の表情で言わんとするところを悟った八多が、ピアスをつまんで微笑《ほほえ》む。

「ウチは規律が緩いので、このような恰好《かっこう》も許されるんです。これでも以前に比べれば服装も言葉遣《づか》いも、ずいぶん行儀がよくなったのですけど」

「はあ」

返答に窮《きゅう》する。これで改善されたというのなら、以前はどれほど酷《ひど》かったのだろう。

やはり、この男の発言はどうにも怪しい。鵜《う》呑《の》みにできない。

「じゃあ……専門家の八多さんにお伺《うかが》いしますが、この〈しどら〉というのは、どういう神様なんですか。ずぶの素人《しろうと》である私に、ぜひ解説していただけませんか」

ことさらに明るい声で問う。

言えるものなら言ってみろ――そんな牽制《けんせい》のつもりだった。八多の職業が嘘《うそ》であれば説明などできるはずがない。仮に、情報を付け焼き刃で頭に叩《たた》きこんでいたとしても、問いつめれば絶対に綻《ほころ》びが出るはずだ。

さあ、どうする軽薄男。この場をどう切りぬける。

けれども八多はたじろぎもせず「承知しました」と言うや、シャベルを土に刺した。

「僕は、志多羅神《したらしん》の原初的な形態が〈しどら〉ではないかと推察しています」

「したら……しん」

「たぶん〈しどら〉は〈したら〉の転訛《てんか》なのでしょう。ああ、〈したら〉というのは」

そこで言葉を止め、彼は——ぱん、と手を叩いた。

「手拍子のことです。志多羅神を祀る際、民は手を打って歌い踊ったんですよ」

「そう……なんですか」

「ええ。この神は史実にも記されています。およそ千百年前の平安時代、現在の大阪周辺に志多羅神が降臨した……との記録が『本朝世紀《ほんちょうせいき》』に残っているのです。志多羅はひとりの女性に憑依《ひょうい》し〝京都の石清水八幡宮《いわしみずはちまんぐう》まで参らん〟との託宣《たくせん》を口にした。その言葉を真《ま》に受けた人々は神輿《みこし》を担いで御幣《ごへい》を掲げ、手拍子を打ちながら街道を東へ東へと進んだそうです。その数およそ数万人。当時の人口が六百万人弱だったことを考えれば、群衆がどれほどの規模であったか、容易に想像がつきますよね」

想像するどころではない。まるで聞いたことのない単語が洪水のように押しよせてくる。まさか、この男は正真正銘の専門家なのか。

驚く理美などお構いなしで、八多はさらに解説を続けていく。

「巡礼団は無事に石清水八幡へ到着、現在の東門あたりに摂社《せっしゃ》を建てたと伝わっています。つまり志多羅神の騒動は、お神輿を担いで練り歩く現在の祭りの原型となった可能性が……」

「ちょ、ちょっと待ってください。ストップ、ストップ」

掌を突きだし、赤毛男の早口を遮《さえぎ》る。

「志多羅神が〈しどら〉のルーツだというのは、なんとなくわかりました。じゃあ、その志多羅神はどんな神様なんですか。全然把握できないんですけど」

八多は悪びれもせず「ああ、質問の趣旨はそこでしたっけ。興奮のあまり、つい夢中で話してしまいました」と嘯《うそぶ》いている。なんとも食えない男だ。

「志多羅神は小蘭笠神《こいがさがみ》や八面神《はちめんしん》とも呼ばれていたようです。小蘭笠というのは、イグサを編んで作った農作業用の日除《ひよ》け笠ですね。すなわち、志多羅神は農業とかかわりの深い神だった可能性が高いのです。いっぽう八面神は石清水八幡に祀られている八幡神《やはたのかみ》と同一視された名ではといわれていますが、僕はその説にいささか懐疑的でして。むしろ『仁科《にしな》濫觴記《らんしようき》』に記された魏石鬼《ぎしき》八面大王や、全国各地に伝わる八面荒神《こうじん》、そしてかの有名な八岐大蛇《やまたのおろち》と関連があるのではないか……そう睨《にら》んでいるのですよ。まあ、その仮説についてはさらに調査する必要がありますけれど」

もはや相槌《あいづち》さえ打てず、ぽかんと口を開けてしまう。惚《ほう》ける理美に気づいて、饒舌《じようぜつ》な専門家が「失礼、また脱線したようです」と苦笑した。

「要するに、志多羅神は流行神《はやり》の疫神なのですよ」

「はやりがみ……えきじん」

本人は要約しているつもりなのだろうが、やはり理解が追いつかない。

「文字の示すとおり疫病を具現化した神ですね。災禍に慄《おのの》いた人々が疫病を神と崇《あが》め、京都まで御送りしたわけです。感染症は、一定期間を経て沈静化するのが世の常。いわば流行病《はやりやまい》が転じて流行神になったのでしょう」

疫病、流行。どきりとする単語がふいに飛びだし、息を呑んだ。

二の句が継げないこちらをよそに、八多が「そういえば」と笑顔を浮かべる。

「面白いことに〈したら〉は我々がよく知る言葉、〈ふしだら〉の語源になったという俗説もあるのです。上手に〈したら〉を打てない者は〈ふしだら〉というわけですね」

ふしだら――またもや予期せぬ言葉の登場に、動悸《どうき》が速まる。凍りついたように顔がこわばり、夜に侵食されたかのごとく視界が狭まる。

と、沈黙する理美を八多がまじまじと見据えた。

「では、今度は僕にも質問させてください。あなたは、なにゆえ〈しどら〉の復元を試みているのですか。あなたは何者なのですか」

「それは……その」

言葉に詰まる。正直に告白すべきか悩み、どう説明すれば良いものか迷う。

「話を聞くかぎり、あなたは寺社仏閣に詳しいわけでも、遺跡保存に造詣《ぞうけい》が深いわけでもない。では、いかなる崇高な目的で復元を志しているのか、それが知りたいのです」

また間違っている。私の思惑に崇高さなど欠片《かけら》もない。そんなもの、見れば容易にわかるだろう。口ぶりでわかるだろう。それとも、嫌味なのか。揶揄《からか》っているのか。お前も、あの連中とおなじなのか。私を蔑《ないがし》ろにするのか。ふしだらな人間だと思っているのか。

混乱と動揺で消えかけていた胸の燠火《おきび》が、ちろりと赤くなる。

よし、わかった。洗いざらい告白してやる。こちらの真意を聞けば、危ない女だと怯むに違いない。もしもナンパや犯罪を目論《もくろ》んでいるなら、牽制になるはずだ。

深々と息を吸って、理美は口を開いた。

「私、感染したんです」

3

その名を口にするのさえ憚《はばか》られる〈あの疫病〉に理美が罹《かか》ったのは、世界が対策すらままならずに右往左往している、流行のごく初期だった。

世間ではテレワークなる働き方がようやく浸透しはじめていたものの、彼女が勤務する機器メーカーの社長は古風な体育会系で「仕事とは職場で動かすものだ」とオンラインを頑《かたく》なに拒んでいた。おかげで社員はみな、出勤を余儀なくされていたのである。

それゆえ理美も間違っても罹らぬよう、細心の注意をはらっていた。なのに——。

ある朝、激しい喉《のど》の痛みで目を覚ました。

まさかと思いつつも病院でPCR検査を受けた結果、あっさり陽性の判断が下された。幸いにも病状は軽く、三十九度の熱が数日続いた以外はなにごともなく快癒《かいゆ》した。

もっとも、大変なのはそのあとだった。

療養期間を終えて職場に復帰すると、同僚たちの態度が妙によそよそしく感じられた。みな「大変だったね」「無理しないでね」と口では言うものの、それ以上話しかけてくる者はほぼ皆無、書類の受けわたしさえ最小限に留めている気配があった。

当初は理美も気にしないよう努め、自身にも「自意識過剰だ、病みあがりで神経過敏になっているんだ」と言い聞かせていた——のだが、まもなく「そうではない」と悟る出来事が起こった。ランチ会である。

感染症が流行する以前、職場では給料日に女性社員一同で昼食へ行く慣習があった。持ちまわりで店を選び、すこし奮発した昼食に舌鼓《したつづみ》を打ちながら上司の悪口や夫の不満を好き勝手に喋る。そんな、月に一度の息抜きを催していたのである。

理美自身は、適当に相槌を打つばかりで輪の中心に入ることはなかったのだけれど、それでも気の置けない同僚たちとの話はそれなりに楽しかった。

しかし、復帰から三ヶ月経ってもランチ会の誘いは来なかった。

まあ、このご時世だし、当面は休止するんだろうな——そう思っていたある日、携帯電話に一通のメールが届いた。送り主は鶴川千絵子《つるかわちえこ》――通称ツルさんという渾名《あだな》の古参社員である。題名は【今月のランチ会】。本文には別な同僚の名が記されていた。

しばらく考えて、ようやく「他人宛てのメールを誤送信したのだ」と気がついた。

理美が新入社員だった時分には、仕事の段取りから社内の人間関係まで、丁寧に教えてくれたあのツルさんが、自分を謀《たばか》っている。陰で疎《うと》んじている。その事実が悲しく、寂《さび》しかった。こんなのは間違っていると思った。

だから――本人に告げた。

「……どうせなら、面と向かって〝来るな〟と言ってほしかったです」

定時明け、ふたりきりのロッカールームでそう言った理美を、ツルさんはしばらくのあいだ無言で睨んでから――おもむろに口を開いた。

「普通に生活していれば罹らないよね」

「……どういう意味ですか」

「傘蔵さん、駅の裏手にあるスナックへ出入りしてるらしいじゃない。係長が帰宅する途中で、店から出てくるあなたを見かけたんですって。〝それも一度きりじゃないんだよ。彼女が感染したあとも五、六回は目撃したかな〟と言ってたわ」

「それは……」

言葉が続かず、唇を結ぶ。

沈黙を「イエス」と受け取ったのか、鶴川がさらに口撃《こうげき》を続けた。

「みんな神経を使ってるのに、そういう……ふしだらなお店に出入りするって、あたしはどうかと思うけど。あたしだけじゃない、みんなそう感じてるはずだよ」

ふしだら——いかにも鶴川らしい古風な言葉選び。いつもなら笑うところだが、そのときは怒りとも驚きともつかぬ感情で拳《こぶし》を握りしめることしかできなかった。

私が感染したのは、ふしだらなおこないのせいだというのか。なにも知らないくせに。

あまりの馬鹿馬鹿しさで弁解する気にもなれず、会話はそれで終わった。

その後も、理美に対する職場のあつかいに変化はなかった。それでも、みなの態度がそのままであったなら、理美も「この状況だもの、みんな猜疑心《さいぎしん》に蝕《むしば》まれるのも無理はないよな」と割りきれたはずだ。しかし——。

翌年、流行の拡大にともない感染する社員が増え、ついにはオフィスが数日にわたって閉鎖される事態となった。あの鶴川も感染し、半月ばかり入院している。

職場が混乱に見舞われるなか、理美はひそかに心躍らせていた。みな私とおなじ立場になった。責められ、嫌われ、避けられる。これで、ようやく自分の気持ちがわかるはずだ。

けれども、そんな期待はあっさりと裏切られてしまう。

会社が再び動きだすと、オフィス内で感染者を忌避《きひ》する同僚はひとりもいなかった。それどころか「自分はこれほど大変な目に遭《あ》った」と症状を仔細《しさい》に語る者や、あまつさえその者を「頑張ったね」と褒《ほ》めそやす人間までいる始末だった。

これは——どういうことだ。

感染力や毒性こそ多少の変化はあれど、災禍そのものはなにひとつ変わっていない。それなのに、どうして簡単に態度を翻《ひるがえ》せるのか。なぜ自分ばかり理不尽な待遇を受けたのか。なんら違いはないではないか。

間違っている。こんなのは絶対に間違っている——。


「そんなときに〈しどら〉の記事を目にして……それで」

語り終えたと同時に風が吹く。

先ほどより冷たく感じるのは気温が下がったためか、それともすべてを吐露して、胸が空っぽになったせいなのか。

八多はしばらく山積みの腕を見つめていたが、まもなく静かに頷《うなず》くと、

「僕の見立ては正しかったようです」

それだけ言って、再びシャベルを振るいはじめた。

いまのは、どういう意味だ。見立てとはなんだ。どうして、卑俗な告白を聞いてなお発掘を続けているのだ。言いしれぬ不安が心のうちに湧き、胸の奥が凍《し》みていく。

「なにを……するつもりですか」

堪《たま》らずに呼びかける。けれども八多はなにも答えず、手を動かし続けていた。

戸惑う理美を煽るように、冷ややかな風が森を吹きぬけていく。

4

「月は笠着る、八幡種蒔《ま》く、伊佐《いさ》我等は荒田《あらた》開かむ、志多良《したら》打てと神は宣《のた》まふ……」

「あの……八多さん」

「打つ我等が命千歳《ちとせ》したらめ早河《はやかわ》は酒盛は、其酒富める始《そのさけとめ》めぞ志多良打は……」

山と積まれた〈しどら〉の腕を前に、理美は狼狽《ろうばい》していた。

破片を集めて接合するのだろう——そんな彼女の予想に反し、八多は地面へ座するなり、謡《うたい》のような節まわしでなにごとかを唱《とな》えはじめた。仕方なく、理美も彼のうしろに正座しているのだけれど、妙な呪文はいつまで経っても終わる気配がない。

まさか、八多は本気で〈しどら〉を復活させようとしているのか。

「たかが儀式でしょ」と笑い飛ばしたいのに、先ほどから違和感がどうにもぬぐえない。

取りかえしのつかぬことをしている、そんな予感が払えない。

「牛はわききぬ、鞍打敷《くらうちし》け佐米《さめ》負せむ、朝より蔭《かげ》は蔭れど雨やは降る……」

いっかな止まぬ祝詞《のりと》を耳にしながら、叫びたい衝動に駆られてしまう。

違う、違う。私は本格的な儀式をしたかったわけではない。神像の復活など望んではいない。ただ、一矢《いっし》報いてやりたかっただけなのだ。〈しどら〉が復元されれば人々は再び疫病に怯《おび》え、楽観視していたおのれを悔やむ。その慌《あわ》てふためく顔を見て、溜飲《りゅういん》を下げたかっただけなのだ。なのに。それなのに。

「どこで間違ってしまったんだろう」

うっかり漏らした科白を、かぶりを振って追いはらう。

間違ってなどいるものか。そもそも私たちは棄てられた神像を供養しているだけで、悪事を働いているわけではない。むしろ、これほど多くの神を供養してやるのだ、感謝こそされても責められる謂《いわ》れなど――。

「……違う」

ようやく違和感の正体に気づいて、鳥肌が立つ。

多くの神――ではない。

発掘したのは腕だけで、ほかの部位はひとつもなかった。それは、つまり。まさか。

「宅儲《たくもう》けよ煙儲《えんもう》けよ……さて、我等は、千年栄む」

祝詞が止んだ直後、視界の隅でなにかが動いた。

「え」

絶句する理美の眼前で〈しどら〉の腕が蠕動《ぜんどう》していた。

さながら蛇が睦《むつ》みあうように左手が自分の右手を探し、右手が自身の左手を求めている。わしわしと蠢《うごめ》く童児《どうじ》の掌。皮膚に爪を立てる女の指。

「なにこれ。どういうこと」

震える理美へ背を向けたまま、八多が立ちあがる。

「言ったでしょう。〈しどら〉を復活させるのだと」

正答を讃《たた》えるがごとく、ぱち、ぱち、と乾いた音があたりに響いた。

これは——拍手か。手拍子か。

でも、どこから。

音の在処《ありか》を探して視線をめぐらせた瞬間、口から「あ」と声が漏れる。

人の倍ほどもある〈それ〉が、目の前に立っていた。

京都の寺院で目にした旧《ふる》い仏像、あるいはチベットの曼荼羅《まんだら》に描かれた異貌《いぼう》の神に、〈それ〉はよく似ていた。身体《からだ》をきらびやかな装具で飾り、髪は頂で卵状に結ばれている。宝髻《ほうけい》という髪型なのだと修学旅行で習った憶《おぼ》えがある。

もっとも、その外観は神々しさとは程遠かった。

数えきれないほどの腕が、全身あますところなく生えている。喩《たと》えるならば、樹下にみっしりと群生する茸《きのこ》、あるいは岸壁にみちみち群集するイソギンチャクだろうか。腕はどれも対になっており、ばちばちばちばちと絶えまなく拍手を繰りかえしている。

これが〈しどら〉か。どうりで腕以外の部位が見あたらないはずだ。

だって、腕しかないのだから。腕の群れなのだから。

怪獣じみた名前——どころではない。巨大な怪獣そのものだ。

否、神だから神獣か。それとも怪神と呼ぶべきなのか。混乱のあまり要《い》らぬことばかり考える理美をよそに、八多は顔を上気させていた。

「やはり強い念を持つ憑坐《よりまし》は効果覿面《てきめん》だな。おかげで、この野良神《のらがみ》を殺せる」

「……憑坐ってなんですか。殺すって、どういうことですか」

赤髪の男が理美を一瞥《いちべつ》し「あんたのおかげだよ」と唇を歪《ゆが》めた。

「あいにく、俺は腕を組み上げることしかできない。〈しどら〉が現身《うつしみ》を得るためには、悪念で繋《つな》ぐ必要があったんだ。ねばついた膠《にかわ》のような、悪臭ただようあんたの妄念がな。おかげで生き返った〈しどら〉を殺せるよ。さすがの俺でも、生きてないものを殺すわけにはいかないからな」

先ほどまでの飄々《ひょうひょう》とした口調はすっかり消え、粗野な言葉を吐き散らかしている。物言いも服装も改善されたとの発言は、どうやら真実であったらしい。

「悪念だなんて……私は本気で誰かを憎んでいたわけでは……」

八多が鼻で笑った。

「こうして復活したのがなによりの証拠だよ。膠という字をふたつならべると膠膠《こうこう》、動き乱れるという意味の言葉になる。まさしく、あんたの心は膠膠としていたのさ」

愉快そうに話すその姿が、いつのまにか遠くなっている。襲撃を避けるために後退しているのだ——そう気づいた直後、拍手が止んだ。

無数の腕が一瞬たわんでから、鞭《むち》のように撓《しな》ってこちらへ伸びてくる。慌てて四つん這《ば》いで逃げると同時に地面が爆《は》ぜ、赤土と小石の雨が降ってきた。

膝《ひざ》が震え、腰が抜ける。悲鳴もあげられぬまま固まる理美を見て、八多がまた笑った。

「済まないが、すなおに犠牲となってくれ。大義のためだ」

その言葉ですべてを悟る。自分はあの怪物をよみがえらせるために利用されたのだ。贄《にえ》なのだ。囮《おとり》なのだ。結束させる道具として都合よく使われ、捨てられる——職場のあつかいと一緒だ。またもや自分はおなじ目に遭ってしまったのだ。

その場にへたりこんで動けぬ理美へ〈しどら〉が迫ってくる。腕の群れが空を遮り、地面が陰る。ただよう空気が一瞬で冷たくなる。恐怖の涼しさ。絶望の寒さ。

そうか、ここで私は死ぬんだな。覚悟して目を瞑《つむ》った次の瞬間——身体が軽くなった。

「え」

数秒後、誰かが自分を抱きかかえているのだと気づく。

助けてくれたのか——でも、いったい誰が。反射的に目を開けて、相手の顔を見る。

「な、なんで」

いましがた自分を陥《おとしい》れたはずの八多が、両腕で理美を抱いていた。

否、違う。顔こそ紛《まご》うかたなき八多だが、いでたちが大きく異なる。シャツは深紫から毒々しい緑に変わっており、髪の色もくすんだアッシュグレイに染まっている。いつのまに着替えたのか。さっきのはウィッグなのか。だけど、どうして早替わりなんて真似《まね》を。

混乱のまま視線をめぐらせた先に——八多がもうひとり立っていた。

「……ふたり、いる」

おなじ顔の男が、理美と巨神を挟んで対峙《たいじ》している。

赤髪の八多がこちらを睨み、舌を打つ。

「岬《みさき》、飽《あ》きもせず〈地域おこし〉にご執心か。邪魔をするな」

「それはこっちの科白だ。あんたこそ、まだ〈宮仕え〉なんかしてるのかよ」

ふたりが意味不明な会話を交わすなか、〈しどら〉は腕をでたらめに振りまわしながら、視界を失ったように森の向こうへ消えようとしていた。遠ざかる巨神の背中と理美たちを交互に見てから、赤髪の八多が〈しどら〉を追って姿を消す。

すっかり静かになって、数十秒が過ぎ——ようやく銀髪の男が口を開いた。

「あ、安心してください。俺たちが見えないよう結界を張ったんでしばらくは大丈夫っス。ま、応急処置なんで長くは保《も》たないスけど」

声も八多に似ていたが、彼以上に口調が軽い。ますます怪しい。

「あの、ひとまず下ろしてもらえますか。というか、あなたは誰なんですか」

「お、矢継ぎ早に質問する元気はあるみたいっスね。じゃあ安心だ」

男が理美を地面にそっと下ろす。震える膝に力をこめ、なんとかその場に起立した。様子を見守っていた男が、ぞんざいな仕草で頭を下げる。

「俺は祭祀保安協会《さいしほあんきょうかい》のエース、八多岬。さっきの男……八多狭《はざま》の弟っス」

5

「……ここなら、あのデカブツもすぐには見つけられないっスよ」

コテージの窓からおもてを確認しながら、もうひとりの八多――八多岬と名乗る男が理美に呼びかける。〈しどら〉を遣《や》り過ごしたのち、ふたりは時花山キャンプ場まで戻ると、コテージのなかへ緊急避難していた。

もっとも、理美の耳に八多の言葉は届いていない。コテージの床にぺたんと座りこみ、膝を抱えたままで震えている。

「なんなのあなたたち。いったい誰なのよ」

「さっき言ったじゃないスか。俺は祭祀保安協会、通称〈祭保協〉に在籍してる八多岬ス。文化庁の外郭団体なんスけど、公的には存在しないんス。ちょっと恰好いいっしょ」

「つまり、あなたのお兄さん……あの男とおなじ組織でしょ。仲間なんでしょ」

「ところがびっくり、違うんスよ。狭の所属する組織は、ウチらと目的が……」

「そんなのどうでもいいってば！」

自分でも驚くほどの金切り声をあげる。

うんざりだった。信じられない目に遭って、どうすればいいかもわからないのに、のんきな戯言《たわごと》など聞く気になれない。

と、八多岬が窓から顔を離して屈《かが》みこみ、理美に目線をあわせた。

「ま、理美っちの気持ちもわかるっスけどいちおう解説させてくださいよ。俺、がんばって憶えたんスから。課長にも〝よく暗記したねえ〟と褒められたんスよ」

「理美っち？」

唖然《あぜん》とする。たしかに先ほど助けてもらった流れで名乗りはしたが、初対面の人間を下の名前で呼ぶとは。どうやら兄よりもさらに軽薄な性格らしい。

もはや反論する気も失《う》せて、理美は口を噤《つぐ》んだ。

「ええと、俺らがあつかうのは土地に根づく、いわゆる産土神《うぶすながみ》とか呼ばれる神なんスけど、こいつらって定期的に祀らないと〝自分は神様だ〟ってことを忘れちゃうんスよ。特にここ二、三年は人間の勝手な都合で神事を中止したじゃないスか。本当は〈儀式を中止するための儀式〉が必要なんスけど、その方法もほとんど失われてるんスよね」

勝手な都合——きれぎれの単語、心に刺さる言葉しか頭に入ってこない。

「だから、ウチらが祝詞とか祭文《さいもん》とか祓詞《はらえことば》とかで〝あんた神様なんスよ〟って教えて、思いだしてもらうんス。でも……狭の組織は、公式な神様以外を認めないんスよ」

公式——誰が認めるというのだろう。

見ると、岬の表情にほんのすこし険しさがただよっている。

「連中は産土神を〝最初からなかった〟ことにするんス。天照大神《あまてらすおおみかみ》とか大国主命《おおくにぬしのみこと》とか超メジャーな天津神《あまつかみ》や国津神《くにつかみ》に上書きして〝ここでは、昔からこの神を信仰していました〟って言い張るんスよ。改竄《かいざん》と隠蔽《いんぺい》で歴史を塗り替えるんス」

なかったことにする——それでは、まるで疫病だ。自分のオフィスだ。

「連中、百年以上前にも産土神を全消去しようと試みたらしいんスけどね、そんときはウチらの先輩方が苦労して食い止めたんス。要は、蔑ろにされた神を守るのがウチら、守るべき神を蔑ろにするのが、あの連中。だから目的が逆なんスよ」

理美は返事をしない。耳を傾けていると思われるのが、なんだか癪《しゃく》にさわった。けれども——岬の言葉には、粗雑ながらも体温が感じられた。だから。

「じゃあ……」

こわばった心を温《ぬく》もりでほぐされて、つい口を開く。

「あなたは〈しどら〉を守るために来たの？　そもそも、あれはなんなの？」

「ええと、志多羅神って流行神なんスよ。だから、廃《すた》れるのが前提の神様なんス」

「……悪いけど、もうすこし理解できるように言ってもらえるかな。お兄さんもあなたも説明がわかりにくいの」

「なんつうか、非常食みたいなものなんスよ。平時の際は見向きもされないけど、有事には効果を発揮するためのモノなんス。主食になっちゃダメなんスよ」

「つまり、眠っている状態が正しい……」

ようやく理美は理解した。

〈しどら〉は本当に自分で復活したのだ。人の世が疫病に見舞われたことを示すため、みずから砕けた身体を蘇生《そせい》させたのだ。そして、疫病の収束を見届けてみずから壊れたのだ。けれども、それを自分は喚《よ》びもどしてしまった。ただの勝手な思いこみで。自分の欲望のために。

「……じゃあ、私は間違ってたんだね。ひとつも正しくなかったんだね」

俯《うつむ》いたまま黙りこむ。そのまま数分が経ち――八多岬が口を開いた。

「そういや、課長が教えてくれたんスけどね」

理美はなにも言わなかった。八多の意味不明な発言に抗議する気力さえない。

「正って漢字、あるじゃないスか。あれ、数字の一と止って漢字の組みあわせらしいんス。で、一って漢字はもともと都市を取り囲む城壁の意味だったらしくて。つまり〈正しい〉

ってのは征服するって意味、征服者が〝自分は間違ってない〟って主張するための方便らしいんスよ。だから俺、正しいってそんなに正しくないと思うんスよね」

慰《なぐさ》めているつもりなのだろう。やっぱり言葉足らずでちっとも伝わらない。けれども自分を、世界を肯定しようとしてくれていることだけは、きちんと胸に届いていた。

「ありがとう」と告げる代わりに、精いっぱいの軽口を叩く。

「お兄さんも文字の講釈を垂れていたよ。兄弟揃《そろ》って漢字が好きなのね」

刹那《せつな》、ほんの一瞬だけ岬の顔に悲しみの色が浮かんだ。

「ウチの一族は言霊《ことだま》に囚《とら》われてますから。その呪いは、永遠に解けないんスよ」

それは、いったい——予想もしなかった科白に戸惑い、二の句が継げずに沈黙する。

と、微妙な空気を取り繕《つくろ》うように岬が破顔した。

「ま、そんな話より、まずは現身を持った〈しどら〉をなんとかするのが先決っスね」

とたんに現実へ引き戻される。そうだ、あの怪神はまだ周辺を彷徨《うろつ》いているのだ。

「でも、あんな怪物どうしようもないでしょ。すぐ下山して、警察か自衛隊に連絡を」

青ざめる理美に、岬が「あ、それは無理っス」とすげなく答えた。

「必要以上に人が関わると、そのぶん世の理《ことわり》が大きく崩れるんで。それに、もうひとつ……気になることがあるんスよね」

そう呟《つぶや》く顔からは、すっかり笑みが消えている。それほどまでに深刻な懸念なのか。

「予想が当たっているとすれば、あの〈しどら〉を倒しても意味がない。それどころか、ますます悪い結果を招くっス。まずは予想が当たってるか確認して……」

言葉半ばでコテージが、ずん、と震えた。電灯が揺れ、天井から埃《ほこり》が降ってくる。

地震――違う。これは。

「……あの野郎、やりやがった」

岬が外へ駆けだす。すこしだけ迷ってから、理美もあとを追った。

6

五分ほど走って到着した杉木立の奥に、八多狭が立ち尽くしていた。

その手には青銅の長い剣が握られている。ぎらりと光る刃《やいば》に、赤い滴《しずく》が滴《したた》っていた。

彼の背後には、巨大な物体が横たわっている。それが無惨に斬り刻まれた〈しどら〉だと悟り、理美は思わず口を手で覆った。

「神とはいえ、しょせんは野良だ。獣と大差ないな」

剣をひと振りして血をはらい、狭が笑う。

「ひどい……なんで、こんな真似を」

惨《むご》たらしさに息が詰まる。さっきはあまりの異様な姿に畏《おそ》れしか抱けなかったけれど、だからといって——殺すだなんて。

　こちらの表情に気づいて、赤毛の暴君がいっそう顔を歪めた。

「愚弟から話は聞いたか。そちらさんは保護活動に熱心で、泥にまみれて汚れた神を後生大事に守っている。しかし、民草《たみくさ》が信仰する野良神など認めるわけにはいかないんだよ。崇められるべき正神は、神帝の祖先神のみなのだ」

「神に正しいも間違いもねぇよ。そんなの勝手な人間の理屈だろ」

「この世の理を保つのは管理と統率だ。神もまた然《しか》りだよ、岬。そろそろ大人になれ」

　勝ち誇ったような笑みを浮かべ、狭が剣を〈しどら〉に突き立てる。

　と、その様子を無言で眺めていた岬が、ふいに理美へと向きなおった。

「あの、パックの刺身しか見たことがない子供って、海で泳ぐ魚を想像できないとか聞くじゃないスか。あれ、まあまあ当たってると思うんスよ」

「……それって、いま言わないとダメな話ですか」

「ええと、要するにきれいにパッケージされた神様しか知らない人間には見えない、真実があるって話っス」

　そこまで言って、岬が狭をきっと正面から見据えた。

「なあ、狭。志多羅神が上洛した石清水八幡宮の祭神……言えるか」

　弟の唐突な問いに、兄が声をあげて笑う。

「岬、お前ごときが俺に講釈を垂れるなど、百年どころか千年は早いぞ。千代に八千代に口を慎め」

「ひでえな、これでも課長には〝勉強熱心だ〟と褒められるんだぜ。で、言えるのか」

「舐《な》めるな。あの八幡には我らぞ敬う応神《おうじん》天皇と神功《じんぐう》皇后、そして比咩大神《ひめのおおかみ》が祀られている。この三神を以《もっ》て八幡大菩薩と……」

「じゃあさ」

岬がひときわ大きな声で雄弁を遮る。

「その比咩大神が、宗像《むなかた》三女神の別名を持つことも知ってるのか」

「なに」

「アマテラスとスサノオの娘、三姉妹とされる女神だよ。宗像三女神のひとりは多岐都比《たぎつひ》売命《めのみこと》、十羅刹女《じゅうらせつにょ》と同一視される女神だ。そして、十羅刹女は鬼子母神《きしもじん》と一緒に描かれる場合が多いんだよ」

言葉の真意に気づいたのか、狭の顔色が変わる。

「そう、志多羅神のルーツは疫神にして母神なんだ。つまり……」

岬が言葉を止めたと同時に、荒波そっくりな音を轟《とどろ》かせ、なにかが迫ってくる。

やがて——地響きとともに、のっそりと杉を跨《また》いで多腕の神が姿を見せた。

大きい。大きすぎる。横たわっている〈しどら〉の、ゆうに三倍はあるだろうか。

たっぷりと間を取って、岬が言葉を結んだ。

「狭、お前が倒したのは〈しどら〉の子なんだよ」

怒った母は、鬼より怖いぞ。

そのひとことを証明するがごとく〈しどらのはは〉が腕をいっせいに振るった。疾風が渦を巻き、剛腕に薙《な》ぎ倒された木々から枝葉が雨のように落ちてくる。

「理美っち、援軍が来るまでいったん退却っス！」

土煙が舞うなかを、岬が理美の手を摑《つか》んで走る。前が見えない。足がもつれ、汗で指が滑る。するりと手がほどけた直後、目の前に大木が倒れてきた。

「危ない！」

突き飛ばされて尻餅《しりもち》をつく。倒木の向こうに銀髪が見えたけれど、とうてい乗り越えられる気がしない。

〈しどらのはは〉の足音が迫ってくる。

もう駄目だ。終わりだ。理美が身を竦めた、その直後——。

「傘蔵理美さんですね」

黒衣の使者がひらりと舞い降り、目の前に立ちはだかった。

「はじめまして、私は九重十一《ここのえとい》。八多岬の上司です」

7

異様ないでたちの女だった。

烏を束ねたかのごとき艶《つや》やかな長髪。夜を塗りこめたとしか思えぬ闇色の外套《がいとう》。靴も手袋も、しなやかな身体に纏《まと》ったすべてが黒く、昏《くら》い。唯一、首に巻くマフラーだけが東雲《しののめ》の空に似た藍《あい》色を帯びている。そのいでたちは暴れる巨神よりも禍々《まがまが》しく、不穏な赤髪の男よりも猛々《たけだけ》しく、不遜《ふそん》な銀髪よりも頼もしく見えた。

黒色の天女が前方を見据える。〈しどらのはは〉が威嚇《いかく》するように、だだだだと手を激しく打ち鳴らした。それでも、九重と名乗った女に動じる様子はない。

「なるほど、天の逆手を打ちてなむ、呪ひ居《お》るなる……か」

なにかに得心している九重の真横に岬が立ち「俺、知ってますよ！」と笑顔で答えた。緊迫した状況が嘘のように明るい声。よほど気心の知れた仲なのだろうか。

「それ、天の逆手って兕《まじな》いの一種っスよね。でも、詳細は不明だって聞きましたけど」

「そう、後ろ手に打つとか手の甲で拍手するとか、濡れ手で太陽に向かって叩くとか、いろんな説があるけど……たぶん〈しどら〉がその正体なのかも。最初の音が止む前に二の音を打ち、その音が消えるより早く三の手を叩く……それが天の逆手の正しい所作にして、詳細不明な理由。だって、手がふたつしかない人間にはできない芸当でしょ」

言い終えると同時に、岬が「あ、俺ひらめいちゃったス」と鼻を膨《ふく》らませる。

「ほら、志多羅神を神輿に乗せて京都をめざす道中、数万人が手拍子を打ったみたいな話あるでしょ。あれ、天の逆手を模したんスよ。俺、かなり冴《さ》えてないスか」

「さすがは八多くん。その調子で報告書の作成もお願いね」

なんの話かまるで理解できぬ理美を前に、青銅の剣を手にした八多狭が吠《ほ》える。

「おいバケモノ女、あいかわらず口が達者だな」

「あら、お兄さん。骨董《こっとう》でチャンバラごっこは楽しそうね」

「ぬかすな。畏れ多くも壇ノ浦《だんのうら》より引き揚げた、由緒正しき都牟刈《つむかり》の大刀《たち》ぞ」

猛《たけ》る狭を、九重が嘲笑《あざわら》う。

「やっぱり骨董じゃない。それで〈しどら〉に太刀打ちできると本気で思ってるの」

そう言うと、九重が黒い裾《すそ》をふわりと靡《なび》かせて〈にわか侍〉に歩み寄った。

「ねえ、狭さん。こんな荒っぽい方法を、あなたの組織が許すとは思えないんだけど……まさか〈あの御方〉に頭を撫《な》でてもらおうと、独断で暴走しているんじゃないわよね」

狭はなにも答えない。それが答えなのだろうか。

「いまなら不問にしておくから、さっさと山を下りなさい」

鋭い声。赤毛の鬼が、血走った目で黒い烏を睨みつけながら後退する。

「……野良神は譲ってやる。せいぜい、バケモノ同士で仲良く戯《たわむ》れておけ」

「はいはい。今度は、もうすこし気の利《き》いた捨て科白を考えておいてね」

狭の気配が消えると同時に、闇色の令嬢が巨神へと向きなおった。

「さて八多くん、すこし時間を稼いでもらえるかな」

「了解っス。じゃ、肥後《ひご》の古謡《こよう》あたりいっときますか」

岬が足を大きく開き、両手を頭上にかざす。漢字の〈人〉を想起させる体勢で、銀髪の男は聞いたこともない音階の歌を吟《ぎん》じはじめた。

「しど打たな、たりたな、しど打ちらら、しど打ちらら、たりたな、しど打ちらら、とうあり、たりたな、とうとらら」

岬が勢いよく頭上の手を叩いたとたん、森の方角から柏手《かしわで》が聞こえた。音に驚いて〈しどらのはは〉が後方へ首をめぐらせる。

再び岬が手を打つと、今度は地面の底から快音が響いた。梢《こずえ》のあいだ、藪のなか、空の果て。掌のうちで鳴るはずの音が、其処彼処《そこかしこ》から届いている。在処《ありか》の定まらぬこだまに戸惑い〈しどらのはは〉が攻撃の手を止めた。

「しばらくは大丈夫そうね」と呟いてから、九重が理美の目をまっすぐに見る。

「傘蔵さん、改めて話をさせてください」

こちらを射貫《いぬ》く瞳が、驚くほどに黒い。底が見えない。

「八多から聞いているかと思いますが、私たちは神の不在によって世の理が崩れるのを防ぐ役割を担っています。ゆえに、遍《あまね》くすべての言葉に目を光らせているのです。埃をかぶった古文書から雑誌の片隅の記事、そして電脳に湧く名もなき者の発言まで……そう、あなたがネット上に書きこんだコメントも監視し、お名前や所属先も調査したのです」

絶句する理美を直視したまま、九重が説明を続ける。

「あなたの発言、職場での待遇、そして……家族構成。それらを総合的に判断した結果、我々は〈しどら〉が復活するとの結論に達しました。それを防ぎ荒神を鎮《しず》めるためには、あなた自身の不満を解消するのが重要であるとの答えに辿りついたのです」

「ふ、不満って、あれは別にちょっとした思いつきで……」

「どれほど細い撚《よ》り糸でも、足に絡まれば歩みがもつれ、首に絡めば息が止まる。ほんの細《ささ》やかな悪心でも、流行神に現身を与える力を有しているのです。それを止めるには思いを浄化するしかない。あなたがこの世を憎むにいたった当事者と向きあい、絡んだ糸をほどくしかないのです」

「絡んだ糸を、ほどく……当事者……」

「ええ。ですから」

九重が背後へ目を遣ったと同時に、巨木の陰からひとりの女性が顔を覗かせた。

「……ツルさん」

彼女にメールを誤送信した同僚――鶴川千絵子が、おずおずと歩みよってきた。

「彼女を説得するのに手間取って、到着が遅れてしまいました」

鶴川が、わずかに顔を伏せて「傘蔵さん……ごめんね」と呟いた。

「あたし、知らなかったのよ。あなたが夜の盛り場に出かけていた理由を。まさか……こども食堂を手伝っていたなんて」

唇を嚙《か》む。知らなくて当然だ。誰にも言わなかった。言いたくなかった。

「だって……私は、あの子にとって、良い母じゃなかったから」

あの子。別れた夫とのあいだに生まれた子。可愛《かわい》さよりも、憎らしさが勝ってしまったあの子。私は正しく育てているはずなのに、まるで従わないあの子。

だから私は病んで、壊れて、家族はバラバラになって、夫に親権を譲って。

いまならわかる。なぜ〈しどら〉が自分の願いで覚醒したのか。

無意識のうちに言葉がこぼれる。

「……私、取りかえしのつかない間違いを犯したの。それで……二度と間違いは犯すまい、間違わないで生きたいと思ったの。それでも過去の過ちは消えない。だから、なんとか償おうと、苦しむ子たちをすこしでも助けたくて……知人のこども食堂を手伝ったの。開店前の厨房を借りて夜食を作り、家に居場所のない子らにふるまっていたの」

「あのとき、それを教えてくれれば……」

鶴川が悲痛な声で訴える。わかっていた。告白すれば良いのだと理解はしていた。でも、それは弁明のようで。自分を赦《ゆる》してもらいたがっているような気がして。

嗚呼《ああ》、そうか。理美はようやく悟る。私の怒りの火は、誰かに対する憤りではなかった。私は自分に怒っていたのだ。自身の過ちが看過できなかったのだ。

でも、間違えた。また間違えてしまった。ちっとも正しくなどなかった。

ふと、岬の科白が脳裏に浮かぶ。正しいは、そんなに正しくない――。

そうだ、私は間違った。見誤った。人だから。

そして、人だからやりなおせる。

「傘蔵さん、ごめんなさい。あたしのせいで……あんな怪物を」

ひざまずいて詫《わ》びる同僚の前に立ち、理美も屈んで視線をあわせる。

「ねえ、ツルさん……お願いがあるの。今度、こども食堂を手伝ってよ」

「……傘蔵さん」

「あなただけじゃない。私だけじゃない。みんな、誰かを傷つけ、誰かに傷つけられ、怯えて、恐れて、判断を誤った。でも……大切なのは傷つけたぶん、傷ついたぶんだけ、自分も他人も癒《いや》すこと。私も二度とツルさんを憎まない。もう世界を恨んだりしない。だから……あなたもあなたを憎まないで」

手を握りしめた理美をじっと見つめ、かすかに鶴川が微笑んだ。

「あたし……けっこう料理には自信があるのよ。子供三人のお弁当を十年間、毎日休まずに作ったんだから。食べさせたことなかったっけ」

「……今度ご馳走《ちそう》してちょうだい。ふたりだけでランチ会をしましょう」

理美が涙目で笑うと同時に〈しどらのはは〉の動きが鈍くなった。

八多が身構え、九重が一歩前へと進む。

「お、操り人形の糸が切れたみたいっスね。あと一歩かな。じゃあ先輩、とどめを」

「了解。古い神歌は効くみたいだから、鳥名子《とりなご》志多良歌あたりにしておくか」

低い声で呟くと、九重は藍色のマフラーを首からほどき、その両端を左右の手に握って指を組んだ。

「……しだら打てと父《てて》が宣えば、打ちはんべり、習いはんべり。衵《あこめ》の袖破《や》れてはべれば帯にやせん、襷《たすき》にやせん。いざせんせん、鷹《たか》の緒にせん」

囀《さえず》りを思わせるメロディーで、黒衣の乙女がくるりくるりと身を翻す。

マフラーが羽ばたき、藍が躍る。喘ぐように〈しどらのはは〉が宙を掻きむしった。顔面にびっしり生えた腕が波打ち、指がざわめいている。

「之多良《しだら》走り打ち、大津《おおつ》の浜へ行かば逢《あ》うもの買わめ起き漕《こ》がん。之多良は米はや買わば酒汲みあげて盛れ、富《とみ》の使いぞ」

悶《もだ》える神獣を視線で射竦《いすく》めてから、九重が膝をつき、地面に頭を伏した。

「池掘られよ、蓮《はちす》は我植えん、蓮が上に並蔵《なめくら》建てられよ。いざ立ちなん、鴛鴦《おし》の鴨鳥《かもどり》。水まさらば富ぞまさらん……」

唱え終わった九重が、静かに立つ。

〈しどらのはは〉は無数の腕で、傷だらけの我が子を抱きしめていた。

「さあ、神から鬼、鬼から母へ戻るときが参りました。再び世に災禍が蔓延《はびこ》るその日まで、ゆっくり我が子とお眠りください」

藍のマフラーを空中に放り、九重が力強く柏手をひとつ打った。

空気が震え、木々が揺れる。

いっせいに葉が散るなか、〈しどらのこ〉を母の腕が掻き抱き、その上へ、さらに腕が折り重なる。掌を掌が覆い、指が指に絡み、呑みこんでいく。内へ内へと縮みながら、ふたりの〈しどら〉がどんどん小さくなる。

やがて、最後に残った二本の腕が交差して一本になり、それもとうとう呑みこんで——多腕の神は、すっかり消えた。

いつのまにか、西の空が暮れている。

なのに、吹く風は先ほどよりも穏やかであたたかに思えた。

騒乱に怯え、鶴川と抱きあったままの理美へ、九重が「そういえば」と語りかける。

「しだらという言葉は〝ふしだら〟の由来と言われますが、実は別な説もあるんですよ。

古代インドでは教法を多羅葉《たらよう》と呼ばれる葉っぱに書いていたんだそうです。この多羅葉を束ねる紐《ひも》が〝秩序よく束ねられていること〟を意味する修多羅《しゅだら》……そこに不の一文字がついて不修多羅に転じたのだとか」

「秩序……」

「ほどけた紐も結びなおせば再び纏まる。絡まった糸もあきらめずにほどいて束ねれば、もとに戻るんですよ。ふしだらは、しだらになるんです」

九重の言葉に、八多が「そういうことっス」と便乗した。

「……はい」

理美はようやくその日、満面の笑みを浮かべた。心から笑った。

間違いだらけの自分を、笑い飛ばすことができた。


肩を寄せあい山を下っていく理美たちを見つめたまま、九重が八多に声をかける。

「そろそろ、あの人と決着をつける時期かもしれない」

絡まった糸は、ほどかなくちゃね。

八多はなにも言わず、小さくなるふたりを眺めていた。

書棚に仕舞おうとした分厚いバインダーから、ひゅるりと黒い物体が飛びだした。

おや、言霊《ことだま》か——。

はじめて実物を見た物珍しさに、九重《ここのえ》は羽虫よろしく翔《と》ぶ〈文字〉を目で追った。

祭保協本館の地下一階は、まるごと収蔵庫になっている。膨大《ぼうだい》な広さの庫内には報告書などの書類をはじめ、地方の新聞やマイナー雑誌の該当記事を切りぬいたスクラップ帳、祝詞《のりと》や経文といった旧《ふる》い文書、さらには古《いにしえ》の神具から厳重に封印された呪具《じゅぐ》まで、祭祀《さいし》や神事に関連したあらゆる資料、およそ三十万点が収められていた。

これだけの数とあっては、書き記された文字が動きだしたとて不思議はない。ましてや神について綴《つづ》った文章となれば、なおのこと力を持ちやすいのだろう。

然《さ》したる害はないものの、このまま放置しておくわけにもいかない。

自由を謳歌《おうか》しているところ申しわけないが、地上へ逃げだす前に祓《はら》うとしようか。

「一言主《ひとことぬし》を鎮《しず》めるなら、役小角《えんのおづぬ》の孔雀真言《くじゃくマントラ》が良いかな」

胸の前に手をかざし、指で印を結ぶ。

「……曩謨没馱野《ノウボボダヤ》、曩謨達磨野《ノウボダラマヤ》、曩謨僧伽《ノウボソウギャ》、怛儞也他《タニヤタ》……」

と——文字をちらりと見るなり、声が止まった。

言霊は、子供を意味する象《かたち》をしていた。

〈児〉

そうか。この子は親を探して——。

しばらく考えてから九重はバインダーを開き、書類の隅に〈母〉と書き添えた。

「……ほら、お母さんはここにいるよ。早く帰らないと心配するよ」

声を聞いても〈児〉はしばらく震えていたが、やがて書類にするすると戻っていった。

安堵《あんど》しながら表紙を閉じ、首を傾《かし》げる。はて、書類にも〈母〉の文字はあったはずだが、なぜ逃げたのだろう。訝《いぶか》しみつつ頁《ページ》をめくるなり、九重は思わず苦笑してしまった。

書類に綴られていたのは、八多《やた》の筆跡だった。悪筆で〈母〉の文字がまともに読めない。

なるほど、これでは迷子になるはずだと合点《がてん》が往《ゆ》く。

しかし、お世辞にも上手とはいえない文字ですら力を持つとは、さすが八多くんね——。

後輩を褒《ほ》めるべきか窘《たしな》めるべきか悩みながら、九重はバインダーをそっと棚に挿《さ》した。

春のたましい

I

九重十一《ここのえとい》は、いちめんの闇に目を凝《こ》らしていた。

座しているのは、昼ひなかとは思えぬほどに昏《くら》い座敷《ざしき》である。天井に吊《つ》られた笠付きの電灯は点《とも》っておらず、縁側に面した襖《ふすま》も閉じられている。おかげで六畳ほどの和室だというのに、畳の目はおろか座布団の柄さえおぼつかない。九重自身も黒ずくめの服をまとっているせいで、陰との境が曖昧《あいまい》になっている。暗黒のなかで、わずかに開いた襖のすきまから流れこむ光だけが、ひとすじ白く輝いていた。

ふいに強風が吹き、がたり、と旧《ふる》い家が揺れる。

視界の端でなにか瞬《またた》いたような気がして、九重は畳の上へと目を遣《や》った。

無数のちいさな影が光の帯のなかをちらちら動いている。そういえば縁側の向こうには小ぶりな庭があって、桜の木が植わっていたはずだった。だとすれば、影の正体は散り落ちる花びらに違いない。

そうか、まもなく春が終わるのだ。

「おい姉《あね》コ、なァに見でんだ」

暗がりに嗄《しゃが》れ声が響き、九重は前方へ向きなおった。

正面に座る老女——羽生部《はにゅうべ》キヨが、こちらを直視している。

皺《しわ》だらけの顔に丸く結いあげた銀髪、着ている小紋の籠目紋様《かごめもんよう》。いずれも、陰っているせいで細部は明瞭《はっき》りしない。白濁した両の眼《め》だけが、でらでらと妖《あや》しい光をはなっていた。

視力がないのに、どうして様子がわかったのだろう——などと驚いたりはしない。

見えずとも視《み》えるのだ。キヨは〈ゲンゲのバサマ〉なのだから。


ゲンゲは、おのが肉体を憑坐《よりまし》に神や死者と交信する、盲目の〈口寄せ巫女《みこ》〉である。

青森県のイタコはつとに有名だが、ほかにも東北地方ではカミサマやイチコ、オナカマやワカなど地域ごとに呼称の異なる口寄せ巫女が存在した。

キヨが暮らすこの場所、南東北の山々のふもとに位置する久地福村《くちぶく》では、ゲンゲと呼びならわす。〈権現様《ごんげんさま》〉が訛《なま》ったものらしいが、詳細は判然としない。なにせ、広く知られているイタコと異なり久地福のゲンゲに関する記録は、ほとんど残っていないのだ。

九重が所属している祭祀保安協会《さいしほあんきょうかい》——通称〈祭保協〉はその名が示すとおり、全国各地に伝わる祭祀儀礼の調査記録を目的に創設された組織である。そんな祭保協ですら、ゲンゲについては二、三の古い報告書が存在するばかりで、その仔細《しさい》を識《し》るのはいまやただひとりの生き残りである齢《よわい》九十の老女、眼前に座るキヨのみだった。ゆえに九重は〈生き字引〉のもとへ定期的に通っては作法や儀礼などを聞きとり、克明に書き残していた。

もっとも——今日ばかりは、訪問の理由がすこし異なるのだけれど。

「桜の影を眺めていました。この景色も、今日で最後なのですね」

九重の返答に、盲目の老女が「仕方ねぇず、もう潮時だ」と自嘲《じちょうぎみ》気味に笑う。

高齢のため巫業《ふぎょう》を退く——キヨからそんな報《しら》せが届いたのは、数日前のことだった。

ついては、口寄せに用いる呪具《じゅぐ》や祭文《さいもん》の書き付けなどの諸々を、拝み場を兼ねている自宅から引きとってほしい——キヨはそのように依頼してきた。たしかに身寄りのない彼女が亡くなってしまえば、貴重な資料も散逸しかねない。それらを譲り受けるため、九重は今日、キヨの家を訪ねていたのである。

「この穏やかな庭を見られないと思うと、すこし寂《さび》しくなります」

歯のない口を大きく開けて、キヨが笑う。

「オラの庭ぁ穏やかでも、一歩おもてに出れば流行病《はやりやまい》で大騒ぎだべ。世間サマぁ、まンだ右往左往してんだが」

「一時期に比べればずいぶん落ちつきましたよ。だから私も、こうしてキヨさんのもとを訪ねる余裕ができたんです」

キヨがいう流行病とは、数年前に世界を襲った感染症の大流行を指す。それは日本も例外ではなかった。災禍《さいか》の蔓延《まんえん》によって多くの命が失われ、人々の生活は一変した。それは日本も例外では
なかった。みな他者との接触を避けるようになり、さらには「感染対策」の名目で次々と祭祀や神事が中止され――結果、あまたの神は神をやめてしまった。祀《まつ》られぬことで自我を見失い、暴走したのである。

それら〈暴れ神〉を鎮《しず》めて世界の均衡《きんこう》を守るのが、祭保協に課せられた真の任務だった。調査や記録保全はあくまでも〈神を神に戻す〉ための支度に過ぎない。

むろん、九重もあまたの神を諭《さと》し、宥《なだ》め、祓《はら》っている。

あるときは廃校に巣くう名もなき猿神《さるがみ》を説き伏せ、あるときは浜に顕現《けんげん》した巨軀《きょく》の赤児《あかご》を隠世《かくりよ》へと送り還《かえ》した。雪の里で目覚めた童神《わらべがみ》は老いた父と共に去り、無数の手を持つ流行神は我が子を抱きながら消失している。

だが、そんな祭保協の〈任務〉もここ半年ほどはすっかり減っていた。昨年あたりから世界は平穏を取りもどしはじめ、各地の祭祀も徐々に復活している。

とはいえ感染が完全に収束したわけではない。人々は疫病と折りあいをつけながら生きるすべを会得《えとく》した――否《いや》、視えない相手と対峙《たいじ》する日々に疲れはてて「見なかったこと」にする道を選んだというべきか。

いやはや、人間はなんと強《したた》かなのだろう――九重はこのところ世間を見るたび、そのような感慨をおぼえている。

すこぶる繊細なくせにひどく鈍感で、愚かしいがゆえに賢《さか》しい。それを希望と称するべきか、あるいは絶望と呼ぶべきか。答えは、いまだに出しあぐねたままだ。

と、まるでこちらの心を見透かしたかのように、キヨが「晴眼《せいがん》の連中も大変だなあ」と猫背を揺すりながら笑った。

「なまじっか見えるおかげで、視えねぇモンがおっかねえんだもの。世話ねぇわ」

たしかに視えぬものを相手に生きぬいてきたキヨからすれば、世間の混乱ぶりは滑稽《こっけい》に思えることだろう。それを嘲笑しても許されるほど、彼女は苛烈《かれつ》な人生を歩んでいる。

キヨは十歳の冬に麻疹《はしか》で目を患い、ゲンゲに弟子入りさせられたのだという。

口寄せ巫女というのは盲《めし》いていれば誰でもなれるわけではない。師匠のもとで五年から十年あまり修行を積み、さらには卒業試験としてカミヅケと呼ばれる降神《こうしん》の儀式を夜どおしでおこなう。このカミヅケに成功した人間だけが開業の免状《オダイジ》を授与される。途中で挫折する弟子は数えきれず、修行の過程で命を落とす者もすくなくない。

とりわけ彼女の師匠にあたる先代の〈バサマ〉は、厳しいことで知られるゲンゲであったそうだ。幼いキヨは死者や神を喚《よ》ぶための祭文や真言《しんごん》や祝詞《のりと》をひたすら叩《たた》きこまれ、神が憑《つ》きやすい体質となるよう、何度となく断食や水垢離《みずごり》をさせられたと聞いている。

修行のみならず、バサマの身のまわりの世話もキヨの仕事だった。すこしでも粗相をすれば容赦《ようしゃ》なく殴《なぐ》られ、きれいに顔をねらって茶碗《ちゃわん》や鉄瓶《てつびん》が飛んでくる。わずか十ばかりの子供、ましてや目の見えぬ彼女にとって筆舌に尽くしがたい日々であったことは、想像に難《かた》くない。

けれども、そんな鍛錬の甲斐《かい》あってか独立するやいなやキヨの神眼はたちまち評判となり、三日にあげず依頼が舞いこむようになった。その実力は祭保協の前身となった機関が何度となく助力を請《こ》うほどで、「暴れ神ならゲンゲに頼め、決して失敗《しくじ》ることはない」が当時の合言葉であったそうだ。

それほど敵なしの彼女ですら、寄る年波には勝てなかったわけだが。

「ま、歳《とし》ばかりが理由ではねぇんだけどの」

ぽつりとキヨが口を開く。

またも内心を見抜いたような言葉――この老女は本当に胸の裡《うち》を覗《のぞ》けるのではないかと疑ってしまう。

「とっくに時代が変わったんだ。もう、ゲンゲの居場所はねぇのよ」

キヨの言うとおり、各地の口寄せ巫女はいまや片手で数えられるほどしか残っていない。かつては、目を患った女性が活計《かっけい》を立てるには口寄せ巫女しか選択肢がなかった。しかし多様な職業を選べるようになった現在では、あえてゲンゲになろうとする人間などいない。

それ以前に医療が進歩し、病で視力を失う者自体が激減している。

喜ぶべき変化だとはわかっている。世の流れだと理解もしている。それでも――。

「それでも、在《あ》ったものがなくなってしまうのは寂しいです」

九重の言葉に、キヨはなにも答えない。再び風が吹き、桜が鳴る。

さながら、終わりを告げるような風だった。羽生部キヨという物語の終幕、ゲンゲの終焉《しゅうえん》を報せる花吹雪《はなふぶき》が舞う。

「ま、オラがくたばる前に来てもらって助かったわ」

キヨが嘯《うそぶ》きながら姿勢を正した。はずみで、手首に巻かれているイラタカが鳴った。獣の頭骨や無患子《むくろじ》の実を繋《つな》いで拵《こしら》えた、口寄せ用の数珠《じゅず》である。

じゃらり、じゃらりと左手を振って、老女は壁際の箪笥《たんす》をまっすぐに指した。

「姉コが欲しがりそうなモンぁ、あそごンなかサ仕舞ってあっからよ。抽斗《ひきだし》を好き勝手に開げで、いっさいがっさい持ってってけろ」

「ありがとうございます。では、さっそく確認させてください」

晦冥《かいめい》のなか、躓《つまず》かぬように注意をはらいながら座敷を横切っていく。

古めかしい箪笥の脇には木製の花台があり、なんとも時代がかったダイヤル式の黒電話がちょこんと置かれている。箪笥に近づいて最上段の抽斗を開けると、和綴《わと》じの帳面が十数冊きれいに積まれていた。いずれの帳面にも口寄せの祭文が書き綴《つづ》られている。ゲンゲが代々師匠から譲り受けるという、秘伝書を兼ねた免状だろう。

いちばん上に置かれた一冊を手に取って、なにげなく頁《ページ》を捲《めく》る。、すきまから数センチ四方の紙片がひらひらと床に落ちた。拾いあげてみればそれは白黒写真で、どうやら村の風景を撮ったもののようだった。

写真の中央では、五、六歳とおぼしき和装の童女が濁った目を正面に向け、所在なさそうに立っている。撮影されていることが理解できていないのか、その顔に感情の色は窺《うかが》えない。童女の傍《かたわ》らには、同年代らしき洋装の女児が立っており、着物姿の子と手を繋ぎながら満面に笑みを浮かべていた。写真の裏には、たどたどしい筆致で〈ハル〉〈キヨ〉と書かれている。

「すてきなお写真ですね。着物の子はキヨさん、隣はお友だちかな」

九重が言い終えるより早く、老女が「こらッ」と声を荒らげた。

「なに変なモン見つけでんだ。恥ずがしいがら、いますぐ庭で燃やせ」

「あら、そんなことできませんよ。写真だって重要な資料です」

「駄目だ駄目だ、燃やしてけろ。銭《ぜに》コならなんぼ持ってっても良《え》ぇがら」

「銭コ?」

言葉の意味を判じかねつつ、二段目の抽斗を開ける。片隅にひっそりと仕舞われている小ぶりの四角いブリキ缶が目に入った。大きさや形状から鑑《かんが》みるに、菓子か乾物の容器らしい。

錆《さ》びついた蓋《ふた》を開けるなり、ぎゅうぎゅうに詰めこまれていた紙幣《しへい》が勢いよく飛びだしてきた。ほとんどが昭和の旧紙幣、ゆうに百枚はあるだろうか。

かさかさと紙の鳴る音に気づき、キヨが「全部くれでやる」と言った。

「最近は、処分するにも銭コが要《い》るんだべ」

「とんでもない。資料を譲り受けるのですから、むしろお支払いするのはこちらです」

「良ぇがら持ってけ。その代わり、写真は火に焼《く》べでけろ」

意外なほどの意固地さで、キヨは頑として写真の焼却を譲らない。これ以上の押し問答を避け、九重はさりげなく話の矛先《ほこさき》を変えた。

「このお札《さつ》は祈禱《きとう》の報酬ですか。けっこうな大金ですね」

「若いころに貯《た》めだんだ。当時ぁ、銀行で通帳を作るのもひと苦労であったがらな。ンだけど婆《ば》サマひとりの暮らしだもの、使いようもなくてよ。あぶく銭になってしまったわ」

「あぶく銭じゃありませんよ。ここにあるお金のぶんだけキヨさんは人を救ったんです。だとしたらこれは、多くの方を幸せにした証《あかし》でしょう」

「幸せにした証……考えようによっちゃ、ンだがもしんねぇな」

老女が息を吐き、肩を落とした。ちいさな身体《からだ》が、ますます縮こまる。

「十で目ぁ見えねぐなって、お師サに預けらっで、気づげば九十歳だ。こんな婆サマでもそれなりに人の役に立ったどは思う。ンだがら、心残りは……ひとつきりしかねえ」

「心残りが、おありなのですか」

九重が問うやキヨが俯《うつむ》いたまま畳をぺしぺし叩いた。「座れ」の合図だと悟り、慌《あわ》てて座布団まで戻る。こちらが座したのをたしかめてから、キヨがぼそりと告げた。

「姉コ、ひとつ頼み事されでくんねぇがや」

「頼み事……いま仰《おっしゃ》っていた〈心残り〉を解消したいということですね」

こっくり頷《うなず》くとキヨはおもてをあげ、白い目をこちらに向けた。

「お前《め》ぇサ〝たまがえ〟を頼みてぇんだ」

2

生きた者同士が魂を入れ替え、人格を交換する——

キヨによれば〈たまがえ〉はそのような儀式であるらしい。

「漢字では〈魂替え〉とでも書くのでしょうか」

九重の言葉を、盲いた老婆が「文字なんて知らね、オラぁ読めねぇもの」と笑いとばす。

「はじめて聞く名称です。祭保協の資料でも目にした憶《おぼ》えはありません」

「当然だべ。口外ご法度《はっと》の外法《げほう》、秘儀中の秘儀だものよ。オラだって幼子《おぼこ》のときにいっぺん見だきりだわ」

キヨいわく、魂替えを依頼するのは「銭コがある家」なのだという。

たとえば、裕福な家に余命いくばくもない虚弱なひとり息子がいたとする。すると家族はゲンゲに魂替えを依頼し、貧しい家に暮らす頑強な人間と魂を入れ替えてもらうのである。かくして素封家《そほうか》はたくましい嫡子《ちゃくし》を得て、かたや赤貧にあえぐ家は死にかけの男を跡取りとする代わりに、報酬をもらって生き延びる——と、そのような寸法らしい。要は格差を利用した、きわめて歪《いびつ》な養子縁組のようなものだろうか。

「でも……顔姿の異なる別人を、我が子としてすんなり受け入れられるものでしょうか」

「だがら、たいてい情の移りきらねぇ赤ん坊のあいだにおこなうんだ。〝七つまでは神のうち〟なんて言うとおり、魂が入りやすいんだべな。逆に大人では長く保《も》たねぇそうだ」

「それにしても……身体を無理やり交換された側にとっては堪《たま》りませんね」

悲痛な思いを吐露するなり、キヨが「姉コは現在《いま》の人間だな」と鼻を鳴らした。

「オラが童《わらす》のころぁ、明日食う米のために娘を花街へ売りに出す家もまンだ珍しくねがったんだ。そいつど、なンも変わらねぇべや。貧乏人に人生を選ぶ権利なんかねぇのよ」

さらりとした口ぶりが却《かえ》って生々しい。キヨが生きぬいた時代の壮絶さを改めて悟り、それ以上はなにも言えなくなってしまう。

「……わかりました。つまりキヨさんは、私の身体を借りたいと仰るのですね」

「そんな仰々《ぎょうぎょう》しぐ考えんな。ほんのいっとき婆サマの戯《たわむ》れにつきあってけろって話だ」

「もし成功したら……その後はどうするおつもりですか。なにか目的があるんでしょう」

そこではじめて、老女の表情に変化があった。

「……姉コ、絶対に笑わねぇが。誰サも言わねぇが」

白濁した目をいっそう大きくさせて、威《おど》すような表情をこしらえる。

「はい」とまっすぐ答えるや、キヨはすこし照れたような顔で呟《つぶや》いた。

「冥土《めいど》の土産《みやげ》に、いっぺんだけ自分のツラぁ見でみてェんだわ」

思わず苦笑してしまう。声を殺したつもりだったが、鋭い口寄せ巫女はすぐさま勘づいたようで「コラ、笑うなど言ったべ」と、さらに九重を睨《にら》みつけた。

「だがら〝戯れ〟と言ったんだ。どんなツラがすこし見だら、すぐに身体サ戻っからよ」

恥ずかしげな弁明まで微笑《ほほえ》ましい。なんと可愛《かわい》らしい心残りだろうか。

まあ、これまでさんざん世話になったのだから、その程度の遊びにつきあったとしてもバチは当たるまい。それに希少な儀式とあれば、今後の参考にもなるはずだ。

「わかりました。わたくしの身体、どうぞお使いくださいませ」

座布団に座りなおすと、九重はわざと畏《かしこ》まった口調で手をつき、一礼した。

「ンだら、さっそくやってみっか」

キヨの顔から笑みが消え、一瞬で〈ゲンゲのバサマ〉の表情に変わる。

合掌した掌《てのひら》のあいだにイラタカ数珠を挟み、じゃらじゃら擦《こす》りあわせて音を鳴らしながら口寄せの祭文を唱《とな》えていく。

「手にとればこそ手になづうで遊ぶ神かんな、そもそもシラァの御本地、委《くわし》く詠《よ》みあげ、頼み奉《たてまつ》る……」

朗々とした声に耳を傾けつつも、九重は興味深い儀式を注視していた。

通常、口寄せの神事は梓弓《あずさゆみ》や鉦《かね》を鳴らすのが定石だが、どうやら魂替えは祈禱のみで執《と》りおこなうらしい。極めてシンプルなのは、やはり秘儀中の秘儀ゆえだろうか。それにしても、幼い時分に一度見ただけだというのに、キヨもよくまあ魂替えの所作を忘れずにいたものだ。まさか事前に試したわけでもないだろうから、よほど記憶力に優れているのだろう。この実力なら、まだ現役を続けられるのではないか。かえすがえす引退するのが惜しまれ――。

そこまで考えたところで、いきなり視界が暗転した。

いましがたまでの陰影とは黒の濃度がまるで違う。さながら夜に呑《の》まれたような暗さが目の前いっぱいに広がっている。

待てよ。視界の消失。濃い黒。夜――これは、まるで盲目ではないか。

と、戸惑っている九重の耳へ、唐突に声が届いた。

「……はあ、これがオラの顔だが」

のではない。

訛りこそあるものの、紛《まご》うかたなき自分の声である。もちろん、おのれの喉《のど》から出たものではない。

つまり——儀式は成功したということか。本当に魂替えが起こったのか。

「やれやれ、皺だらけの婆サマだな」

「そ、そうですか。とても可愛らしいご尊顔だと思いますけど」

ゲンゲの神力に驚きつつも、要らぬ動揺を見せまいと努めて朗《ほが》らかに答える。

けれども、キヨから返事はなかった。

褒《ほ》めたつもりだったが、返事が気に障《さわ》ったのだろうか——訝《いぶか》しんだその直後、ほんのすこし部屋の空気が揺れ、まもなく衣擦《きぬず》れと襖を開ける音が立て続けに聞こえた。

「……キヨさん？」

「姉コ、悪《わり》ぃな。どうしてもオラぁ逢《あ》わねばならねぇんだ」

遠ざかっていく足音を聞きながら、九重はようやく悟った。

騙《だま》されたのだ。彼女は、最初から自分の肉体を奪って逃げるつもりだったのだ。

「キヨさん、キヨさん！」

闇に向かって叫ぶ。答えの代わりに、ばたん、と玄関の戸が閉まる音がした。

風に擦れる木の葉。けたたましい鳥の声。遠くでは耕運機のエンジン音がどうどうと響いている。静かな寒村だと思っていたが、この村も意外に騒々しいようだ。

賑《にぎ》やかな暗黒に耳を欹《そばだ》てつつ、九重は正座したまま思案にくれていた。

キヨは自分の身体を乗っとり、いったいなにを試みようとしているのだろう。

新たな肉体を手に入れ、人生をやりなおすつもりなのだろうか。否、きっとそうではない。「逢わねばならない」なる科白《せりふ》から鑑みるに、誰かと逢う腹積もりに違いない。

ならば誰と逢う気だ。逢ってなにをする気だ——犯罪。凶行。復讐《ふくしゅう》。あまり宜《よろ》しくない単語ばかりが頭に浮かんでしまう。

いずれにせよ、このままキヨの裡に閉じこめられているのは得策ではない。

手探りで部屋をまさぐったが、座布団の脇に置いたはずの鞄《かばん》は見つからなかった。やはりキヨが持ち去ったようだ。なかには携帯電話と財布が入っているから、家を脱けだすことも容易ではない。箪笥の脇に置かれた黒電話まで辿《たど》りつければ祭保協へ連絡できるだろうが、キヨの計画如何《いかん》では手遅れになってしまう。彼女がなにかしらの犯罪を目論《もくろ》んでいるのだとすれば、自分が犯人に仕立てあげられかねない。

一刻《いっこく》も早く、彼女の目的と行き先を見つけなくては。ならば——動くしかない。

頭のなかに、この家の間取りを思い浮かべる。和室の広さ、玄関までの距離、靴の位置。おおよそを把握してから、躓かぬよう慎重に立ちあがり、おそるおそる一歩踏みだす。

途端、視界の端でなにかが揺らいだ。

黒一色のなかを、泥に似た不定形の物体が、づるり、づるり、と波打っている。

なんだこれは。視えぬはずなのに、なぜ。

戸惑う九重の前で、泥波が人の倍ほどの高さに盛りあがり、ふたつに分かれて像を結ぶ。

二体の巨像は、出来の悪い雛《ひな》人形を想起させる姿をしていた。片方は馬に似た面長《おもなが》の顔、もう片方は煮崩れたような女の顔で、ざんばら髪を振りみだしている。

と、馬面《うまづら》の異形《いぎょう》が九重を睨み、ぶるぶると鼻を鳴らした。

「ゲンゲのバサマの恰好《かっこう》をしとるに、においが違うなあ」

「ならば、その姿は化生《けしょう》か。ぬしは誰ぞ」

そうか——こいつらは野良神《のらがみ》だ。祀られずに狂い、崇《あが》められずに荒くれた神の裔《すえ》だ。

怪物の正体を察しつつ、九重は予想外の発見に昂《たかぶ》っていた。

どうやら口寄せ巫女の視界は、単なる暗晦《あんかい》ではないらしい。彼女たちは無限に続く暗黒の平野を視つめているのだ。だとすれば、神がかりとは身体に憑依《ひょうい》させる行為ではなく、暗闇に召喚した神と対話する作法ということか。

これはなんとも興味深い――九重が感心するあいだにも、泥神はこちらへ近づいていた。

「ゲンゲでなかれば、喰《く》うても良かろ」

「良かろ良かろ、頭から喰ろうてしまお」

溶けた馬神がいななきに似た声をあげ、崩れた女神がけらけらと嗤《わら》う。

恐ろしくはなかった。この程度の野良神であれば追いはらうことなど容易《たやす》い。馬ならば、いっそ手綱《たづな》でもつけてやろうか。やや意地の悪い考えが頭をよぎる。

待てよ――手綱か。神を降ろして使役《しえき》すれば、道先を案内させられる。家探《やさが》しをさせて、キヨの行方に関する手がかりを見つけることも可能かもしれない。

おのれの身体でないのは不安だが、さりとてほかの選択肢も思いつかなかった。

ならば、やってみるしかない――九重が決断した直後、馬神が口を大きく開いた。

「さて、頭を嚙《か》もうか足から喰《は》むか。それとも女陰《ホト》を齧《かじ》ろうか」

「お馬さんとお嬢さん、悪いけど遊んでいる暇はないの。さっさと退《ど》きなさい」

言い終わるより早く柏手《かしわで》を打つ。

突風が放射状に広がり、二匹の神は一瞬で桜花《おうか》よろしく散りぢりに吹き飛んだ。

短く息を吐いて、すばやく身構える。時間はない。ぐずぐずしていると、あの手の野良神が再びやってきてしまう。その前に、まともな神を喚《よ》ばなくてはいけない。

「なるべく、人を慕う神が来てくれたら嬉《うれ》しいんだけど」

手首に絡んだイラタカ数珠を握りなおし、意識を集中させる。

「……阿波利矢《あはりや》、遊波須度萬宇佐奴《あそびはすともうさぬ》、阿佐久良仁《あさくらに》、天津神国津神《あまつかみくにつかみ》、於利萬志萬世《おりましませ》……」

降神の呪文が、意識と無関係に止まった。どうにも呼吸が続かず、声が詰まる。無理もない。魂こそ自分だが肉体は九十の老女なのだ。しかし、ここで諦めるわけにはいかなかった。もう一度息を整え、気持ちを奮《ふる》いおこす。

「……奈留伊賀津千毛《なるいかづちも》、於利萬志萬世……上津大江下津大江毛《かみつおおえしもつおおえも》、摩伊利太萬江《まいりたまえ》」

ようやっと唱え終わるなり、九重はその場にへたりこんだ。

がっくりと脱力し、肩で息をする。

と、その最中——闇を割いて、泥のかたまりが姿を見せた。

神が降りた。よろめきながら顔をあげ、濡羽色《ぬればいろ》の空間に目を凝らす。黒い泥がざぶざぶ流れ落ち、顕《あらわ》れた神の容姿が明瞭になっていく。

「……あなたは」

屹立《きつりつ》しているのは、猿とも人ともつかぬ形相の神だった。

よく見知った神——かつて、山村の廃校で起こる変事に対応したおり、村の子を拐《かどわ》かして神隠しに遭《あ》わせた産土神《うぶすながみ》である。

「やれやれ。もうすこし高位の神を喚べると思っていたけど、まさか猿神とはね」

堪らずに落胆の声をあげる。もしや、こちらが想像した以上にキヨの神力は弱まっているのかもしれない。だとすれば引退を決めたのも納得がいくというものだ。

九重に気づき、猿神が鼻をひくつかせた。

「……このにおいはあの小娘か。その恰好はなんだじゃ。俺ば喚んで、なんのつもりだ」

すぐさま正体を察するとは、さすがは腐っても神だ。

ともあれ、いまはこの暴れ猿に縋《すが》るよりほかに方法はない。

「お願い、力を貸してちょうだい」

手短かに状況を説明し、協力を乞《こ》うて手を合わせる。

「……そんなわけで、あなたには私の目となり手となり動いてほしいの」

「断る」

即答するや、猿神は嬉しそうに歯を剝《む》きだした。

「心底いい気味だじゃ。あんなクサレオシラごときに舐《な》められるような小娘の願掛けなど、誰が聞き届けてやるものがよ」

「へえ、さっきのやつらはクサレオシラという名前なの。そういえば、イタコが口寄せに用いるオシラサマの人形は馬と女の二体だっけ。あなたもなかなか博識ね」

こちらの劣勢を気取《けど》られぬよう、やんわり持ちあげつつも毅然とふるまう。そんな九重の思惑に気づく様子もなく、猿神は自慢げに言葉を続けた。

「祀られそこねたオシラガミの成れの果てだ。おおかた、この村で何処《どこ》その家に納められていたものが、顧みられなくなって壊れたんだべな。哀れなものだじゃ」

「でも……あの二匹は、あなたよりずっと強そうに見えたけど」

九重のあからさまな挑発に、猿神が「うるせえど」と静かに凄《すご》んだ。

「猿は厩《うまや》の守り神だど。あんな小者、俺の前では手も足も出ねじゃ。位《くらい》が違う」

「あら、それほど位の高い神なら、人の子の願掛けを断るなんて有り得ないわよね」

こちらの意図をようやく察し、猿神が顔をしかめた。

「人間のくせに神ば脅す気か、小娘。人の上に神はあるど。神あっての人だど」

「いいえ、逆よ。人が念《おも》うからこそ、慕うからこそ神は神でいられる。人が忘れてしまえば神は神でなくなる。その辛《つら》さは、あなた自身がいちばんわかっているでしょ」

まっすぐな言葉に射貫《いぬ》かれ、猿神が口ごもる。廃校での一件を思いだしたようだ。

「……まあ、あんなふうに捨て置かれるのは二度と御免だじゃ。寂しくて堪らん」

ぽつりと本音を漏《も》らす。禍々《まがまが》しい貌《かお》に似合わず、意外とすなおな性格らしい。

よし、これならば脈はある。すかさず九重は平伏した。

「このとおりです。どうぞ力をお貸しくださいますよう、畏み申します」

暗黒に手をついて、顔が埋《うず》まりそうなほど頭を下げる。

「ふふ、人に拝まれるのは気分が良いもんだじゃ。おのれが神だと思いだせる」

「じゃあ、手伝ってくれるのね」

「ただし」

猿神が細い指をひとつ伸ばし、尖《とが》った爪を天に向けた。

「神と契《ちぎ》るからには、それなりの代償ばもらわねばならねど」

「……なにが望みなの」

「祀れ。ぬしの傍らに俺を祀り、朝な夕なに祈れじゃ。一日も欠かさず俺を喜ばせろじゃ。一日でも忘れたら、すぐに祟《たた》るど。呪うど。滅ぼすど」

どれほどの無茶を要求されるかと思えば——なんとも長閑《のどか》で、ある意味で野良神らしい願いに拍子抜けしてしまう。猛々《たけだけ》しい容姿とは裏腹に、よほど寂しがりのようだ。

「お安い御用よ。一日と欠かさず〝猿神さま、猿神さま〟と平身低頭で拝みます」

「もうひとつ」

猿神は指を二本に増やし、九重の鼻の先へ突きつけた。

「二度と猿神と呼ぶなじゃ。俺は〈名無しの神〉などでねえ。大山咋神《おおやまくいのかみ》という歴《れっき》とした名があるど。民草《たみくさ》には日吉《ひえ》大神と呼ばれて慕われた山王《さんのう》だど」

「わかった。日吉《ひえ》さんね。どうぞよろしく」

「さ、さん付けで呼ばるな。由緒正しい大山咋神の名で呼ばれ」

「はいはい。かしこまりました、日吉さん」

「……お前の身体が戻ったら、まっさきに噛みついてやるじゃ。憶えでおげ」

苦々しい表情を浮かべながら、猿神——日吉は頭をぼりぼりと掻いた。

4

闇のなかに、ぽつり、ぽつり、と光が点っている。

火柱のように大きな灯《あか》りは箪笥、その横にちいさく光るかたまりは電話機だろう。所在を知らせるために、日吉が照らしてくれているのだ。

「ありがとう、日吉さん。とても助かるわ」

「正しく大山咋神と呼べや、小娘。嚙み殺すど」

「あら、お婆《ばあ》ちゃんを小娘と呼ぶほうがおかしいでしょ」

「へ、屁理屈《へりくつ》ぬかすなじゃ。俺から見れば、童女《めのわらわ》も嫗《おうな》も小娘だ」

律儀に応じる日吉へ微笑みかけながら、九重は灯りをめざして注意深く進んだ。

伸ばした手が硬いものにぶつかる。これは——箪笥だ。把手《とって》を指で探り、抽斗を引く。

「悪いけど日吉さん、代わりになかを確認してもらえないかな。私は触れることはできても見ることができないの。まさか、あなたほどの神が人の願いを断ったりは……」

「わがったわがった、まったく神づかいの荒い小娘だじゃ」

日吉が眉間《みけん》に皺を寄せ、抽斗のなかを覗きこむ。

「どれもこれも、祭文が筆書きされた帳面だじゃ。文字ばっかりで面白くもなんともねえ。いちばん下の帳面は、麻紐《あさひも》でぐるぐる巻きに縛られているけどの」

「一冊だけ封印されているわけね。もしかしたら、魂替えの祭文が記されているのかも」

「だがよ小娘、祭文があったところで戻る身体がねえば、どうにもならねど」

「だから、そのための手がかりを探しているんでしょう。ほら、ほかに妙なものがないかさっさと調べてちょうだい」

「……この小娘、本当にあとで噛んでやっからな」

ぶつくさと文句を漏らしていた日吉が、「お」と調子はずれな声をあげた。

「誰だ、この童どもは」

そのひとことで、写真を目にしたのだと悟る。九重も目にした、あの白黒写真だ。

「ふうん……コイツはずいぶん変わってんど。真っ黒だな」

「白黒なのは当然でしょう、昔の写真なんだから」

九重の抗議に、日吉が「なんだ小娘、偉そうな口ば利《き》くくせに気づいてねえのが」と、勝ちほこったように笑う。

「白黒でねえ、写真すべてが黒いんだ。憎しみの瘴気《しょうき》で焦《こ》げて、いちめん真っ黒だど」

不吉な言葉に、ぞくりと鳥肌が立つ。

神の目には、墨を塗ったかのように映るほどの強い瘴気。いったい誰が、なにを、そこまで憎悪しているのか。やはりキヨか、それとも――。

九重の怖気《おぞけ》を嗤うかのごとく、強風が家をみしみしと揺さぶった。


三十分ほど簞笥を漁《あさ》ったが、目ぼしい物品は発見できなかった。

ほかの部屋も日吉に確認してもらったものの、布団とわずかな衣服を除けば家のなかにキヨの半生を物語るものはなにひとつなかった。どうやら、拝み場になっているこの座敷が、キヨの暮らしのすべてらしい。

日吉が告げた〈黒い写真〉以外にさしたる手がかりも得られず、時間だけがいたずらに過ぎていく。拙《まず》い、このままではキヨが〈計画〉を遂行してしまう。

それだけは、止めなくてはいけない。

「こうなったら……最後の手段ね」

灯りをたよりに電話機まで歩みよると、九重は傍らの日吉を見据えた。

「ねえ、お願い。私がダイヤルに指を掛けるから、その都度数字を教えてちょうだい」

「ふん、俺が噓《うそ》ば告げたらどうする」

「あなたほど位の高い神が、そんな卑怯《ひきよう》な真似《まね》なんてしないでしょ」

「……頭にくるほど神あしらいの上手《うま》い娘だじゃ。ほれ、早く電話ば掛けろ」

仏頂面《ぶつちようづら》の猿神に軽く頷いてから、受話器を持ちあげる。

「〇、三、五、二……」

日吉の誘導にしたがってダイヤルをまわす。やがて、数回コールが鳴ってから「はい」と聞きおぼえのある声が聞こえた。

「こちらは祭祀保安協会でございます」

電話に出たのは、直属の上司である神務課課長の五十川慎《いらかわまこと》だった。

十三年前の祭保協創設にも関わったと噂《うわさ》されている五十路《いそじ》の古参職員だが、その経歴は九重たち同僚ですら詳しくは知らない。「慎む」を意味する名前に相応《ふさわ》しく、頭脳明晰《めいせき》で常に平静を崩さぬ反面、神事や祭祀について語りだすと止まらないのが玉に瑕《きず》という、なかなか変わった人物である。

馴染《なじ》みの人間に繋がったことに安堵《あんど》しつつも、九重は一抹《いちまつ》の不安を拭えずにいた。なにせ自分はいま、キヨの身体に囚《とら》われている。つまり——声も違うのだ。

「九重です」と説明したところで、はたして信じてもらえるだろうか。いたずら電話の類《たぐい》と思われ、まともに取りあってもらえない可能性もある。

どうか、電話を切りませんように——祈りながら「もしもし」と告げる。

「あの、実は私……」

「おや九重さん、どうなさいました」

「課長……私がわかるんですか。声色《こわいろ》がまるで違うのに」

「声色が違うだけでしょう。微妙な抑揚や息継ぎのタイミングなど、音声から得られる情報は多様なのですよ」

五十川の洞察力に賛辞を送りたくなるのを堪《こら》え、九重は言葉を続けた。

「詳しく説明している時間はないんですが」

「でしょうね。普段と異なる声に、市外局番からの着信。なにかしら不測の事態が起こったと考えるのが妥当です。では、こちらも単刀直入に伺《うかが》いましょう。ご用件は」

「ゲンゲに関する資料を探してほしいんです。私が羽生部キヨさんに聞き取りをおこなう以前の記録を、洗いざらい確認してもらえますか」

「承知しました。データベースを漁るので四分ほどかかります。ほかには」

「久地福村の人口構成も調べてください。キヨさんの幼少時にどのような住民が暮らしていたか、住民基本台帳や戸籍で検索していただけると非常に助かります」

「でしたら待機時間は八分に延びます。間にあいますか」

「問題ありません。八分後に折りかえし連絡をお願いします。では」

早口で言って通話を終える。

と、耳から離しかけた受話器の向こうで「九重さん」と声が聞こえた。

「応援が必要な場合は迅速に対応しますが、ひとりで大丈夫ですか」

たしかに援軍がいれば移動もぐっと楽になる。キヨの所在も、目的も、あっというまに判明するかもしれない。しかし――それで本当に良いのだろうか。

彼女が自分を魂替えの相手に選んだのは、理由があるのではないか。

もしやそれは、キヨなりの訴えではないのか。九重ならば、かならずや自身の〈心残り〉に辿りついてくれる。そう信じたからこそ、自分に告白したのではないか。

だとすれば――答えはひとつだ。

人であれ、神であれ、自分を信じてくれた者は、この手で救う。

九重は受話器を握りなおした。

「この道は、自分の足で進みたいんです」

自分へ言い含めるように告げた。間髪を容《い》れず、五十川が「承知しました」と答える。

「では、八分後に」

電話が切れるなり、日吉が「なしてだ」と訊《たず》ねてきた。

「なして面倒な真似ばするんだ。お前は神さえ手繰《たぐ》る腕前の小娘だ、身体ば盗んだ相手を呪い殺すくらい造作もねえだろや」

「物騒なことを言わないで。そんな真似はしません」

「ほら、〝できません〟と言わず〝しません〟だじゃ。殺《や》ろうど思えばできるんだべ」

「たしかに、私は異能を持っている。でも、その力は誰かを守るため、救うために使うと決めたの」

あの日から。すべてを喪《うしな》った、あのときから。

声に出さぬよう、頭のなかでそっと呟く。

こちらの内心など知る由《よし》もない日吉が、小馬鹿にした顔で首を振る。

「甘《あめ》えど小娘。弱い者を救ってなんとする、狡《ずる》い者を守ってどうとなる」

「弱いからこそ救うの、狡くても守るの。それが、この力を持つ人間の使命だと……」

嘘つき――。

守れなかったくせに――。

ふいに細い声が聞こえ、驚きのままにあたりを見まわす。

けれども自分と日吉のほかに姿はなく、漆黒の闇が広がっているばかりだった。


きっかり八分後、座敷じゅうに騒々しいベルが響きわたった。

音をたよりに黒電話へ近づき、受話器を取りあげる。

「お待たせしました。では報告します」

挨拶もそこそこに、五十川が淡々とした口調で喋《しゃべ》りはじめた。

「まず、古い資料に羽生部キヨさんの名前を発見しました。もっともご本人の証言ではありません。彼女の師匠から聞きとりをおこなう際、キヨさんのご両親にも話を伺ったようですね。乳離れするなり、ゲンゲに弟子入りさせざるを得なかった無念が連綿と綴られています。次に、師匠にあたる人物の詳細ですが……」

淀《よど》みない言葉に耳を傾けながら、九重は妙な違和感をおぼえた。

なにかが怪訝《あや》しい。しかし、その〈なにか〉の正体がわからない。もつれた糸のように思考が絡まって、答えが導きだせない。

違和感の正体を探る余裕を与えず、雄弁な上司は独演会を続けていた。

「そうそう、久地福村もなかなか興味深い集落ですね。いまでこそ住民が十数名しかいない、一日にバスが二本あるばかりの限界集落ですが、かつては養蚕《ようさん》で非常に潤《うるお》っていたようです。そのため、かつてはオシラガミを祀っていたそうでして。データベースのタグ付けが未登録だったもので、うっかり見逃すところでした。取り急ぎ、担当の八多《やた》さんに注意喚起をして、今後は登録漏れがないよう徹底してもらわなくては……」

「課長、あの」

慌てて長広舌《ちょうこうぜつ》を遮《さえぎ》る。このまま放置しておいては延々と喋りかねない。

「たいへん興味深いお話ですが、いまは急を要する状況で」

「おや、久地福村についての情報はあなたを助ける重要な手がかりだと思いますが。記録によれば久地福村の養蚕を仕切っていたのは田所《たどころ》家という地主だそうでして、その田所家にはオシラサマが祀られていたらしいのです。しかし、田所家は戦後を迎えると農地解放により地主としての立場を失い、まもなく県庁所在地へ移住して、新たに薬局を開いたのだとか。ちなみに、家族構成は家長の田所源兵衛《げんべえ》、妻のサク。ふたりのあいだには二男一女が生まれています。長兄の真平《しんぺい》、次男は……」

焦れながら、じっと五十川の説明に耳を傾ける。

と、信じがたい名前が飛びだし、九重は受話器を落としそうになった。

それだ——間違いない。絡まった糸がほどける。いちめんの闇に一条の光が射《さ》す。

「課長……いま仰った人物について、さらに詳しく調べてもらえますか。私の考えが正しければ」

その方が犯人です。

5

「おい、困るよ婆さん」

バスの運転手が、聞こえよがしに舌打ちをした。もちろん表情はわからないものの、渋面《じゅうめん》を浮かべているであろうことは容易に想像がついた。

「こんな古い紙幣、使えるわけないだろ。誰かに確認してもらってから乗ってくれよ」

こちらの目が見えないと気づいたのか、運転手はさらに悪態をつきはじめた。

まあ、文句を言いたくなる気持ちも理解できる。いきなり昭和の旧紙幣など出されては、困惑するなというほうが無茶だろう。さりとて、おいそれと引き退《さ》がるわけにはいかない。ここで諦めては、なんのために危険を冒して外へ出てきたか、わからなくなってしまう。

「お言葉ですが、一度発行された日本銀行券は法令に基づく特別措置が発令されないかぎりお金として有効期限はありません。明治十八年に発行された一円札、通称〈大黒札《だいこくさつ》〉ですら現在も使用できるんですよ」

淀みない九重の言葉に、運転手が声を詰まらせた。

「貨幣の場合、同一種類の通貨は二十一枚以上の受けとりを拒否できますが、紙幣にこの上限は適用されません。日本銀行法の四十六条二項にきちんと記されています。それとも、あなたの勤務するバス会社は法令を遵守《じゅんしゅ》しない方針なのですか。それとも私が視覚に障害があるから、そのように横柄な態度を取っているのですか」

「いや、あの、別にそういうわけじゃ……」

「では、私が乗車運賃を旧紙幣で支払うことになんら問題はありませんよね」

「……今回は大目に見ますけど、次に乗るときは新しいお札を用意しておいてくださいね。古いものを大事にするのも結構ですけど、みんな時代に合わせて生きてるんですから」

苦しまぎれの嫌味に、目の奥が熱くなる。なぜ、媚《こ》びへつらって時代に添わなければいけないのか。古い価値を守ることの、いったいなにが悪いというのか。喉元までせりあがった言葉を、かろうじて呑みこむ。時間を無駄にしている場合ではない。いまは、一秒でも早くキヨのもとへ向かわなくてはいけないのだ。

「……ご面倒をおかけしました」

慇懃《いんぎん》に一礼してから、手すりを摑《つか》んでステップをそろそろ降りる。地面に足が着くなり、バスは轟音《ごうおん》をあげながら走り去っていった。

遠ざかるエンジン音を聞きつつ、心のなかでキヨに詫《わ》びる。

ごめんなさい。箪笥の祈禱代、無断でお借りしました――。

数秒ほど合掌してから、九重は改めて闇へ視線を注いだ。日吉が点してくれた等間隔の灯りを追い、慎重に歩みを進める。

もうすぐだ。予想どおりなら、目的地はこの先にある。無意識に足が速まり、息が荒くなる。急《せ》いては拙いと思いながらも、逸《はや》る気持ちを抑えきれない。

「おい小娘、注意しろ。穴があるど」

日吉が大声をあげた直後、わずかな窪《くぼ》みに躓いて体勢を崩し、九重は地面に膝をついた。すんでのところで転倒こそ免れたものの、痛みとも疲れともつかない重苦しい感覚に、身体が悲鳴をあげている。起立する気力も湧かず、九重はその場に蹲《うずくま》った。

「当然だじゃ」

日吉が呆《あき》れたように溜《た》め息《いき》を吐《つ》いた。

「修行を積んだゲンゲでも、カミやホトケをおろせるのは半刻《はんとき》が精々だ。そいつを婆サマの身体で数時間も続けたら、身も心も弱るに決まってんがや」

答える気になれず押し黙っていると、足元に、ぽん、と薄紅色のやさしい光が点った。

「ほれ、縁石を照らしてやったど。ひとまず座れじゃ」

「……ありがとう」

手探りで縁石を見つけ、そろそろと腰を下ろす。疲労と疼痛《とうつう》をすこしでも忘れたくて、九重はキヨの顔を思い浮かべた。

彼女は〈その人〉に逢うため、禁忌《きんき》とされる外法を用いた。

それほどまでに逢いたい人――自分にとっては誰だろうか。そんな人物がいるだろうか。命を賭《と》して自分との再会を望む者など、いるのだろうか。

ぼんやり考えていた刹那《せつな》、なにかが頬《ほお》に貼りついた。手を伸ばして摘みとり、指で形をたしかめる。

これは――桜の花弁だ。

風に飛ばされてきたのか、すぐ近くに桜の木があるのかもしれない。

ならばキヨも、いまごろ桜を見ているのだろうか。懐かしんでいるだろうか。

彼女はいま、幸せだろうか。もし幸福だとしたら、このままでも構わないのではないか。

キヨに身体を明けわたす――それもひとつの選択肢かもしれない。彼女ならば、祭保協の仕事にもすぐ順応できるだろう。自分さえ抗《あらが》わなければ、すべて丸くおさまるではないか。運命を受けいれ、暗黒のなかでキヨとして死ぬ。それも悪くない気がしてしまう。

「……小娘、来るど」

日吉の言葉に顔をあげると、目の前に広がる闇が夜の細波《さざなみ》よろしく蠢《うごめ》いていた。

先ほどのクサレオシラだろうか。まったくもって懲《こ》りない連中だ。

腰の痛みを堪えながら立ちあがり、数珠を握って身がまえる。

やがて、闇の海から巨軀がぬるぬると浮かびあがってきた。

けれども、それはクサレオシラではなかった。九重の、よく知る人だった。

「……母さん」

黒い髪。白い肌。色の薄い瞳に、濃い唇。その顔はまぎれもなく母だった——顔だけは。

見あげるほど大きな身体は古木の瘤《こぶ》よろしく歪に盛りあがり、白いブラウスに奇妙な隆起をこしらえている。手と足はでたらめな位置から伸び、有り得ない角度に折れ曲がっていた。

これは蟲《むし》だ。蚕《かいこ》だ。母の顔をした、巨大な幼虫だ。

反射的に後退《あとずさ》る九重を見下ろし、〈母蟲〉が「ねえ、十一《とい》」と懐かしい声で囁《ささや》いた。

「なんであなたは、そんなに平気な顔で生きているの」

私を殺したくせに。たくさんの人を殺したくせに。

退がっていた足が、止まる。

「違う、違う。私はあのとき、みんなを守ろうとして、助けようとして……」

「嘘よ。あなたは自分の能力を褒めてもらいたかったの。だからみんなに神力を見せたの。でも、お母さんはずっと言ってたでしょ。〝あなたが怖い〟〝まともな人間じゃない〟って。十一、あなたは化け物なの。人の世に居てはいけない、疫病とおなじ災禍なの。だから」

死ねよ。死ねよ。死ねよ死ねよ死ねよ。

「聞くな、小娘ッ」

日吉が声を張りあげた。

「お前が見でらのは、お前自身の念いが凝ったモノだど。死に囚われた心の隙《すき》を狙われて〈視たくないモノ〉を見せられてるだげだど。正気に戻れじゃ」

わかっている——答えたつもりの返事は声にならなかった。喉がつまる。息ができない。波打ち際に立ったかのように、闇の奥へと引きずられていく。

ふ、と日吉の姿が消えた。

嗚呼《ああ》、そうか。彼も私を見捨てたのだ。みんなみんな、私の前からいなくなるのだ。吐息を漏らした瞬間、闇が濃くなる。この世界にいるのは、母蟲と自分だけ。死んだはずの化け物と、生きるべきではない化け物。

そんなモノは——いないほうが良い。

「そうよ、あなたは存在してはいけないの。さあ、そろそろ……死にましょうね」

母蟲の顔が大きく裂け、細かい牙のならんだ口が真っ赤な色をあらわにした。

怖くはなかった。これで楽になれる。もう、なにも視ずに済む。

祈るように目を瞑《つむ》った――次の瞬間。

「とい」

優しい声に振りかえると、母がもうひとり立っていた。

母は生前そのままのいでたちで、穏やかな笑みをたたえている。

「お母さん」

堪えきれず呼びかけた九重に、母はにっこりと頷いた。

「また迷ってるのかしら。あなたは、昔からよく迷子になる子だったものね。そのたびに、涙で顔をぐしゃぐしゃにしながら家に帰ってきたっけ」

幼い日の記憶がよみがえる。母の命を奪ってしまう、ずっと前――暗い道を泣きながら走った夕暮れの思い出。あたたかな家の灯りと、玄関で自分を待っている母の姿。

「そう、どんなに迷ってもあなたはかならず帰ってきたのよ。だから十一、信じなさい。あなたの進む道は間違っていない。どれほど迷っても、どれだけ悩んでも、かならず行くべき処《ところ》へ辿りつける。あなたを待っている人は、きちんといる」

そうだ。私の知る母はこの人だ。怪物などではない。だから――。

自分も、化け物なんかじゃない。

胸の奥から気力が湧く。同時に、母蟲が飛びかかってきた。

「死ね、死ね死ね死ね死死死死死しししししし」

咀嚼音《そしやくおん》に似た声をあげながら襲いくる怪虫めがけて、イラタカ数珠を突きだす。拳《こぶし》に触れた瞬間、母蟲が電撃を喰らったように後方へ跳ねとんだ。

数珠を強く握りしめて印を結ぶと、黒い乙女は大きく息を吸った。

「ひと、ふた、み、よ、いつ、む、なな、や、ここの、たり。ふるべ、ゆらゆらとふるべ。唱えたるは布瑠《ふる》の言《こと》なり。かく為《な》せば死《まか》れる人は返りて生きなむ」

勢いよく柏手を打ちはなつ。

瞬間、母蟲の顔が縦に伸びたかと思うと、鉈《なた》を振りおろされた丸木のごとく、ばっきりと裂けた。

ふたつに割れた顔が歪《ゆが》む。やがて左の顔が馬に変じ、右側が女になった。

「クサレオシラ……」

と、なおも身構えている九重の前に〈もうひとりの母〉が進みでた。

その柔和な顔がぐねりと歪み、たちまち日吉の貌に変わる。

「なあ、オシラガミよ。そろそろ遊戯《あそび》は終わりにするべ」

「……忌々《いまいま》しや、日吉の山王め。あとすこしで人の魂を啜《すす》り喰えたというに」

「山王、なにゆえ神のくせに人の味方をする。ぬしとて、病に慌てふためき我らを忘れる人の群れを見たであろう。またいつの日か我々は忘れられるのだぞ、棄《す》てられるのだぞ」

憤《いきどお》る二匹の野良神を正面から見据え、日吉が吠《ほ》えた。

「案ずるなオシラよ。人は弱いが強い。狡いくせに優しい。だから、永遠に顧みられぬと嘆くことはない。かならず思いだしてもらえると、再び慕われる日がくると信じよ。なぜなら、俺がそうであるからだ。俺は人に棄てられて、人に救われた神だ」

「……それはまことか、山王」

「ならば、ぬしの詞《ことば》を信じて良いのか。我らを祀る者に再び逢えるというのか」

「この娘に、神を識る黒衣の娘に誓わせる。かならずや、ぬしらを祀る者を見つけだし、正しく祀ってやる。だから、いまは還れ。再び顧みられるときまで、しばし眠れ」

「……わかった。ぬしを信じよう。人を信じよう」

「人が我らを信じる……その日が来ることを、ひとたびだけ信じてやろう」

そう言いながら、二匹は闇の底へ沈んでいった。

「……やれやれ、人に化けるのも楽でねえな。危うく俺まで呑みこまれるところだ」

日吉が、どさりと尻餅《しりもち》をつく。

「世話の焼ける小娘だじゃ。こんな処で囚われたら……弱い者も狡い者も守れねえべや」

「日吉さん……」

「〝甘え〟ど言ったけどよ……それでも俺は、お前の考えば嫌いではねぇんだ」

「……助けてくれて……いいえ。母さんに逢わせてくれて、ありがとう」

「へ、変な褒め方するなじゃ。ほれ小娘、さっさど行かねば噛みついでやるど」

日吉が怒ったような仕草で立ちあがり、早足で駆けだす。そのあとを追いかけ、九重も迷いなく歩きはじめた。

6

頬を叩く風が、先ほどよりもさらに冷たい。

日が暮れているのを肌で感じながら、九重は闇のなかを進んでいた。足の裏には玉砂利《たまじやり》の感触、漂う空気には花と線香のにおいが混じっている。

間違いない。この場所は——墓地だ。

「ほれ、あそこだ。照らしてやったど」

横を歩く日吉が、顎《あご》で前方を指した。数メートル先に、人間大の灯りが浮かんでいる。

こちらの存在を伝えようと砂利を強く踏んだ途端、ゆら、と灯《ひ》が動いた。九重に気づいて〈彼女〉が振りかえったのだろう。

「ようやく見つけましたよ、キヨさん……いいえ」

田所ハルさん。

告げるなり、キヨが――否、キヨを名乗っていた女が「ほお」と驚きの声をあげた。

「八十年以上前、あなたは魂替えによって親友のキヨさんと人格を交換した……いいえ、この表現はいささか適切さを欠いていますね。正しくは、幼いキヨさんがあなた……ハルさんの身体を奪い、代わりにあなたはキヨさんの肉体に閉じこめられたんですよね」

「姉コ、なしてオラの〝本当の名前〟がわかったんだ」

キヨ――こと田所ハルが問うた。その声に驚愕《きようがく》の色は感じられない。かくれんぼで見つかった子供のように、どこか愉《たの》しげな響きが滲《にじ》んでいる。

「あなたは〝十歳のときに目を患った〟と私に仰っていました。けれども、祭保協の資料にはキヨさんの両親からの聞き取りとして〝生まれつき視覚に障害があった〟と記載されていた。証言と記録が矛盾しているんです。そして、あなたの家の箪笥にあった写真には五、六歳とおぼしき盲目のキヨさん……正しくは〈心身ともにキヨさんだった子〉が写っていました。仲良しの女の子と手を繋いで。その女児は田所家の末娘、ハル……つまり、あなたです」

「終わりか、姉コ。それだけでは、オラがハルだという証拠にはならねぇぞ」

ハルが弾んだ声でさらに問い詰める。挑発を煽《あお》るかのごとく、冷ややかな春風がふたりのあいだをびょうびょうと通りぬけていった。

「いいえ。ほかならぬあなた自身の証言もあります。あなたは、魂替えについて〝自分も一度しか見ていない〟と仰っていました。〝見る〟という表現も違和感をおぼえましたが、最大の懸念はそこではなかった。なぜ、あなたが外法とされる魂替えを目撃できたのか……それは、ご自身が魂替えの当事者だったからですよね」

つかのま風が止《や》み、静寂があたりを包む。まもなく、ハルがゆっくりと拍手をした。

「さすがだな。まさが、半日で突きとめるどは思わねがった」

「わかったのはそこまでです。今回の動機については正直なところ、まるで答えが見えていません。だからハルさん、教えてください。なぜこんな真似をしたんですか」

返事は聞こえなかった。冷たい空気のなかに、ハルの息遣《いきづか》いだけが聞こえている。告白すべきか否か、逡巡《しゅんじゅん》しているのが暗闇でもありありとわかった。

やがて覚悟を決めたのか、長い息をひとつ吐いてからハルが口を開いた。

「……キヨちゃんは、まンず不器用な子でなあ。祭文も経文もさっぱり憶えられねえでよ、いつもお師サに怒られでおっての。〝修行が辛い、オラも普通に暮らしてえ〟と毎日毎日泣いでおったわ。同い年だったオラぁ、それが可哀想《かわいそう》でよ。家がら握り飯だの菓子だのをくすねでは、こっそりキヨちゃんに食わせでおったんだ」

「あなたの生家、田所家は養蚕で財を成した久地福村の地主ですものね。食べるものに困ったことはないでしょう」

「オラにしてみれば、家にあるものを友だちサ分げでるだけのつもりだった。それをあの子がどう感じるかなんて、微塵《みじん》も考えねがったんだな」

「施した側は善意のつもりでも、もらうほうは憐憫《れんびん》と受けとったわけですか」

ハルは答えない。続きを急かすように、再び寒風が吹きはじめる。

「……あれぁ、十になる年の冬だった。キヨちゃんが〝魂替えを試してみるべ〟と言いだしての。お師サが箪笥に仕舞っておった秘伝書をくすねできたんだ。〝魂替えができればお師サもオラを認めでくれるはずだ。ンだがら読むのを手伝ってけろ〟ど拝み倒されでよ」

「なるほど。キヨさんは秘伝書の在処《ありか》こそ知っていたけど、文字は読めなかったんですね。だから、あなたを頼ったわけですか」

「オラぁ、魂替えなんて信じていねがったんだ。そンでも、いっぺん試せばキヨちゃんも満足するべど思って〝別に良ぇよ〟と安請け合いしたのよ。ンだら……」

ハルが口籠《くちご》もる。九重は次の科白をじっと待った。隣の日吉も告白に聞き入っているのか、なにも言おうとはしない。

「オラが秘伝書の小難しい文字を読んで、そいづをキヨちゃんが追いかけで唱えだんだ。あの子ぁ、見だこどのねぇほど真剣な顔をしてたっけな。そンで、五分も続けたころだったかの。布団でも被《かぶ》せられだみてぇに、いぎなり目の前が暗ぐなったんだ」

ほんの数時間前に味わった〈あの感覚〉を思いだし、九重は身をこわばらせた。大人でも怯《ひる》む体験である、年端《としは》もいかぬ子供がどれほど驚愕したかは容易に想像がつく。

「まンず驚いたけンど、それでもオラぁ別に怖くはねがったんだ。キヨちゃんがすぐ元サ戻してくれるべど思っての。ンだども……」

これで、オラも幸せになれる――。

「それだげ言うとキヨちゃんぁ逃げでしまってよ。オラぁ追っかけるこども出来ねぇまま、声を聞きつけだ大人が駆けつけるまで、大泣きするしかねがったんだ」

「お師匠さんには真実を伝えなかったのですか」

首を横に振ったのか――闇に浮かぶハルの灯りがわずかに揺れた。

「なんべんも訴えた。けンど、信じてもらえねがったよ。キヨちゃんは出来の悪い弟子だったど言ったべ。〝下等なお前ぇに魂替えなンて真似、できるはずがねぇ〟ど笑われで、終《しま》いだ」

「ひでぇ理屈だじゃ。人だろうが神だろうが、上等だの下等だの勝手に決めんなや」

憤りのあまり口を挟む日吉を手で制し、九重は再びハルの語りに耳を澄ました。

「そのうち、オラの一家が〝新しい商いを興すために村を出た〟と聞いてよ。捜したくとも目も見えねぇ子供だもの、どうしようもねぇべや。そのこらぁ、毎日叱られながら修行するだけで精一杯だったしな。ンだがら〝まずは一人前のゲンゲになるべ。神力を身につければオラも魂替えができるようになる。そうすれば、元に戻れる〟ど思ったんだ。そうして、毎日耐えで耐えで……ようやぐ免状をもらったら、今度ぁ魂替えどころでねぐなっての」

「ひっきりなしに口寄せの依頼が来るようになったのですね。それで、あまりの忙しさにキヨさんを恨む余裕さえもなくなったと……」

「恨んでおったよ」

九重の予断を押しつぶさんばかりの勢いで、ハルが即座に吐き捨てた。

「オラぁ、いつもあの子を恨んでおった。ずっとずっと、目から血が流れるんでねぇがと思うくらい憎んでおった。〝オラの人生を奪ったあの子がどうか苦しんでいますように〟ど、朝から晩まで祈っておったんだ」

「では……今回の魂替えは、その恨みを晴らすためにおこなったのですか」

風が止み、花の香りがぶわりと強くなる。近くに植えられているのだろうか。

薫香《くんこう》ただようなか、ハルが再び言葉を紡《つむ》ぎはじめる。

「ゲンゲになって、オラぁ数えきれねぇほど死者ど語らった。説いで、慰《なぐさ》めで、癒《いや》して……そのうち、気がついだんだ。どんなに正しく生きた者でも心の裡には傷がある。どれだけ幸せに生きた者でも、胸の底に後悔の念が沈んでいる。それを悟ったとき、オラぁ恐ろしぐなったんだ。人の悲しみを知らねぇまま生きでおったら、どれほど冷たい人間になっていだものだべが……もしかしたら化け物になっていだんでねぇがど、自分が怖ぐなったんだ」

化け物——そうだ、人も神も、容易く怪物に変わる。

九重は、それを知っている。

「それがら、あんなに恨んでいたキヨちゃんのことを、穏やかに考えられるようになったんだ。感謝するほど人間が出来てはいねがったけンど、それでも〝あのまま田所ハルとして、なに不自由なく暮らしておったら、オラぁ人の傷も涙も見えねぇ人間に育っておったべな〟ど、思うようになったんだ。キヨちゃんに、それを教えでもらったんだ」

「じかにお逢いして、その言葉を伝えようとは思わなかったのですか」

「思わねがったな。いまさら逢っても、キヨちゃんだって困るべ」

「けれども、逢いたくなってしまったのですね」

「きっかけは……流行病よ。視えねぇモノに怯《おび》えでる世のなかを見で、ふいに思ったんだ。オラぁ見えねぐなったおかげで苦労したけンど、おなじぶんだけ救いもあった。でも、キヨちゃんはどうなんだべが。彼女は幸せになっているんだべが。もしかすっとオラのことが、魂替えが心の傷になってはいねえべが。それを、どうしても確かめたくなっての」

「自分の顔をひとめ見たい……あの願いは嘘ではなかったのですね。言ってくだされば、喜んでお手伝いしたのに」

「ひとりで立ち向かいたいことも、自分の足で辿りつきたい場所もあるべ」

「……それは、よくわかります」

ハルが「まあ、結局ぁ姉コを巻きこんでしまったけどな」と笑った。

「済まねぇとは思ったがよ、大人が魂替えをするには強い神力がねぇど無理だったんだ」

「それで……心残りは解消されたんですか。あなたの身体を奪った親友、本当のキヨさんとお話はできたんですか」

砂利を踏む足音に続いて、なにかを静かに摩《さす》るような音が聞こえた。

「今日、家を出たその足で街まで向かっての。田所の薬屋まで行ったんだ。立派な店だったよ。いまは孫の一家が継いでおった」

「じゃあ……キヨさんは、もう」

「あの子は薬屋で懸命に働いて、まもなく婿《むこ》をもらって、息子ど娘を必死で育てあげて、最期は家族に囲まれで逝《い》ったんだど。この墓の場所も、孫夫婦が教えでくれだんだ」

先ほどの音が、墓石を撫《な》ぜる掌であったと気づく。

「さっきまで骨ど語らっておった。キヨちゃんは〝八十年、ずっと申しわけねえど思いながら生きでおった〟ど泣いでの。ンだがらオラぁ〝それでも幸せになったんだもの、あんたぁオラの身体で生きるのが正しかったんだべ〟ど言ってやったんだ。それで、ようやく……あの子は彼岸《ひがん》に行った。ゲンゲのバサマの、最後の仕事だ」

「ハルさん……いいえ、キヨさん。あなたの人生も、じゅうぶんに幸福だったと思います。あなたに逢えて、多くの人が幸せになった……私はそう信じています」

「……どれ、まもなく日が沈む。子供の遊びは終わりの時間だ」

ぱしん――。

ふいに柏手の音が轟《とどろ》き、真っ白な光の洪水が視界いちめんに広がった。

あまりの眩《まぶ》しさに顔をしかめ、おそるおそる目を開ける。

九重は、山ふもとの墓地に立っていた。

苔《こけ》むした墓石の群れが西陽《にしび》で橙《だいだい》に染まり、汚れた卒塔婆《そとば》は夕風に力なく揺れている。

目の前の一基、〈田所家〉と彫られている墓石の背後では、老いた桜の樹が枝を伸ばしていた。さながら守り人《もびと》のような佇《たたず》まいの老木は、すでに半分かた花を散らしている。

「じゃあ、さっき頰に触れた花びらは、この桜の……」

寂しげな枝を呆然《ぼうぜん》と見あげていた矢先、どさり、と背後で重い音が聞こえた。

老女が、玉砂利のなかへうつ伏せに倒れている。

「キヨさん！」

咄嗟《とっさ》に、知った名を呼び、駆けよって抱きかかえる。

九重とともに〈こちら〉へ戻ってきた日吉が「手遅れだじゃ」と漏らした。

「これだけ長い時間、しかも二度目の魂替えだど。九十の婆サマが保《も》つわけがねえ」

小刻みに震えるちいさな身体を抱き起こすと、キヨは微《かす》かに笑った。

「やっぱり慣れた身体がいちばん楽だな。家ど一緒だ、オラの帰るべき場所だ」

キヨの言葉へ同意するように、ひときわ強い風が吹く。

「ああ……いまの風で、桜は終わってしまったべな」

「来年も咲きますよ。春は何度も巡るんです。悲しい季節のあとには、かならず、嬉しい季節がやってくるんです」

返事はなかった。

ちいさな手はいつのまにか、ぱたりと地面に落ちている。老女の瞑った目から涙がひとすじ頬を伝い、白く輝いていた。

ふと、視界の端でなにかが動いたような気がして、九重は顔をあげた。

暮れなずむ空の下、桜の陰にふたつの影が立っている。片方は細長い面立《おもだ》ち、もう片方は長髪を風に揺らしていた。

馬と女──五十川の言葉が脳裏によみがえる。

「田所家は養蚕で栄え、オシラガミを祀っていた……じゃあ、あなたたちは」

と──一対の影のあいだに、ちいさな人影がもうひとつ浮かびあがった。

新たな影をまんなかに挟み、両端の影が身を寄せる。

その姿は、まるで手を繋いでいるように見えた。

みっつの影がだんだん薄くなっていく。やがて、すっかり影が透けると同時にひときわ強い風が吹きぬけ、残りの桜がいっせいに散った。

春が——終わったのだ。
けれども春は、また訪れる。
迷っても、悲しくても、かならず巡ってくる。
誰にともなく呟きながら、九重はしばらくのあいだ、花吹雪を見つめ続けていた。

初出

まつりのあと （書下ろし）
春と殺し屋と七不思議 （「小説宝石」二〇二一年七月号）
いざない （書下ろし）
われはうみのこ （「小説宝石」二〇二二年五月号）
おやくめ （書下ろし）
あそべやあそべ、ゆきわらし （「小説宝石」二〇二三年四月号）
おくやみ （書下ろし）
わたしはふしだら （「小説宝石」二〇二三年九月号）
まよいご （書下ろし）
春のたましい （書下ろし）

この物語はフィクションであり、実在の人物・団体・事件などには一切関係がありません。

黒木あるじ
（くろき・あるじ）

1976年、青森県生まれ。東北芸術工科大学卒業。2009年「おまもり」で第7回ビーケーワン怪談大賞・佳作を受賞。同年「ささやき」で第1回『幽』怪談実話コンテストブンまわし賞を受賞、'10年『怪談実話 震《ふるえ》』でデビュー。

実話怪談の分野で活躍し、多大な支持を得ている。実話怪談では「黒木魔奇録」「無惨百物語」などのシリーズをはじめ、『山形怪談』『山海の怖い話』『怪談怖気帳　屍人坂』などの著書がある。ほかに小説『掃除屋プロレス始末伝』『葬儀屋プロレス刺客伝』など。

近著に『破壊屋プロレス仕舞伝』がある。

共著も「瞬殺怪談」「奥羽怪談」シリーズのほか、『実録怪談 最恐事故物件』『黄泉つなぎ百物語』など多数。

著者 黒木《くろき》あるじ

春《はる》のたましい

神祓《かみはら》いの記《き》

2024年3月30日 初版1刷発行

発行者 三宅貴久
発行所 株式会社 光文社
〒112-8011 東京都文京区音羽1-16-6
電話 編集部 03-5395-8254
書籍販売部 03-5395-8116
業務部 03-5395-8125
URL 光文社 https://www.kobunsha.com/

組版 萩原印刷
印刷所 新藤慶昌堂
製本所 国宝社

ISBN978-4-334-10258-6